KB037063

수를 놓듯, *Like Writing Love Letter,*
Like Embroidering
연서를 쓰듯

수를 놓듯, 연서를 쓰듯

Like Embroidering, Like Writing Love Letter

1판 1쇄 발행 | 2020년 11월 10일

지은이 | 엄영아
발행인 | 이선우
펴낸곳 | 도서출판 선우미디어

　　　등록 | 1997. 8. 7 제305-2014-000020호
　　　130-100 서울시 동대문구 장한로12길 40, 101동 203호
　　　☎ 2272-3351, 3352 팩스: 2272-5540
　　　sunwoome@hanmail.net
　　　Printed in Korea ⓒ 2020. 엄영아

값 15,000원

※ 잘못된 책은 바꿔 드립니다.
※ 저자와의 협의하여 인지 생략합니다.
※ 이 도서의 국립중앙도서관 출판예정도서목록(CIP)은 서지정보유통지원시스템 홈페이지
　　(http://seoji.nl.go.kr)와 국가자료공동목록시스템(http://www.nl.go.kr/kolisnet)에서 이용하실 수
　　있습니다.(CIP제어번호: CIP2020044013)

ISBN 978-89-5658-649-6 03810

수를 놓듯, 연서를 쓰듯

Like Writing Love Letter,
Like Embroidering

엄영아 에세이집

Patricia Young-Ah Uhm by Essays

선우미디어 sunwoomedia

하나님의 경이로움을 언어로 표현하는 영성가

저자의 글은 맑다. 수정처럼 맑다. 그래서 우리 영혼을 맑게 만든다. 저자는 고요한 영혼을 소유한 분이다. 그래서 저자의 글은 고요하다. 영혼은 시끄러운 것을 싫어한다. 영혼은 고요한 것을 좋아한다. 저자의 글을 읽고 있으면 영혼이 고요함으로 즐거워하는 것을 경험한다.

저자의 글은 잔잔한 호수 같다. 잔잔한 호수가 산을 담고 파란 하늘을 품는 것처럼, 저자의 글은 자연의 아름다움을 품고 있다. 저자의 글은 호수처럼 맑고 태양처럼 밝다. 맑고 밝기에 우리 눈을 맑게 씻어주고 밝게 열어 준다. 우리가 보지 못하고 지나쳐버린 아름다움을 보여준다.

저자의 글을 읽을 때 저자의 섬세한 관찰력과 탁월한 통찰력에 감탄한다. 저자의 눈빛은 날카롭거나 차갑지 않다. 온유하고 사랑스러운 비둘기의 눈빛이다. 따뜻한 사랑의 눈빛이다. 언어에도 온도가 있고 감정에도 온도가 있다. 저자의 언어와 감정의 온도는 따뜻하다.
차가운 언어는 마음을 냉정하게 만든다. 따뜻한 언어는 마음을 따뜻하게 만든다. 저자의 수필은 우리 마음을 따뜻하게 만든다. 따뜻함이 부드러움을 낳는다. 그래서 저자의 글을 읽으면 마음이 부드러워진다.

저자의 언어는 맑고 깊은 샘에서 솟구쳐 올라온 생수 같다. 땅 수면 가까이에 있는 물은 탁하다. 반면에 깊은 땅, 깊은 샘 속에서 솟구쳐 올라오는 물은 생수 그 자체다. 생수는 병든 곳을 치유해주고 상처를 회복시켜 준다. 생수 같은 저자의 글은 우리 영혼을 치유하고 회복시킨다.

저자의 영성은 일상의 영성이다. 저자는 일상 속에 담긴 하나님의 경이로움을 언어로 표현하는 영성가다. 저자는 평범한 일상 속에서 발견한 하나님의 임재와 하나님의 은혜를 찬양하는 예배자다. 저자의 마음은 하나님을 향한 감사와 가족과 친구를 향한 고마움으로 충만하다. 감사는 감사를 낳는다. 저자의 글을 읽고 있으면 감사로 충만해진다.

저자의 보배 같은 글들을 모아놓은 책이 세상에 태어났다. 이 책의 진가는 우리를 하나님께서 이끌어 주는 데 있다. 이 책을 상처를 치유하고 하늘의 기쁨을 경험하기를 원하는 분들에게 추천하고 싶다.

강준민
(뿌리 깊은 영성의 저자)

내 안의 나를 꺼내놓으며

내 마음속 눈과 귀를 채우며 수필의 정원을 산책하던 글들이 연서를 쓰듯 수를 놓았다.

시대는 삶의 배경이다. 삶의 길에서 자연과 사람을 만날 때 내면에 적어둔 작은 이야기들을 결혼 50주년에 수필로 써서 삶의 길에 좋은 동행자가 되어준 남편과 자녀들, 친척들과 교우들, 벗과 동역자들에게 가슴 가득한 이야기를 들려주고 싶었다.

나의 듬직한 언덕이 이 작은 글을 읽고 바람을 만난 풀잎이 그렇듯 살짝이라도 몸을 뒤척인다면 나는 첫아기를 해산하고 흘린 눈물처럼 행복하리라.

아름다운 수필집이 출판될 수 있도록 도와주신 이선정 권사님, 중앙일보 안유회 국장님, 영문 번역으로 도와주신 그레이스 리 전도사님, 출판 축하 글로 용기를 주신 강준민 목사님과 예쁜 책을 만들어 주신 선우미디어 이선우 사장님께 진심으로 감사를 드린다. 사랑하는 큰딸 패티와 사위 프랭크, 아들 알렉스와 며느리 에이미, 막내딸 크리스틴과 사위 네이튼 그리고 여섯 손주의 할머니가 되기까지 가정폭력 쉘터를 25년 섬기는 동안 늘 나의 손과 발이 되어준 사랑하고 존경하는 남편에게 이 책을 선물로 드린다.

2020년
어바인에서 가을을 보내며
엄영아

차례

[English Editio]

chapter 1

인연

Golden Gate Bridge, San Francisco CA

신기한 인연, 운명

　누구도 오지 않은 마음속, 길이 없던 그곳을 누군가가 걷기 시작했다. 새 길이 생겼다.

　인연이란 참 신기하다. 지구 반대편에 사는 두 사람을 하나로 묶어 주기도 한다. 결혼은 인연 중의 인연이라는데 마음의 준비를 할 틈도 없이 불쑥 찾아왔다. 알던 사이도 아닌데 피할 수도 거부할 수도 없었다. 처음 만난 두 사람이 서로 호감을 느끼고 마음을 열고 삶에서 가장 중요한 사람으로 받아들여 부부의 인연을 맺다니 운명이었다. 50년 미국 생활을 돌아보면 나는 대본도 못 보고 무대에 선 주연배우였다.

선보던 날의 천둥소리, 청혼

선을 보던 날, 양가 어른들은 우리 둘만 남겨 놓고 자리를 떴다. 부끄럽고 어색해 서로 할 말이 없었다. 나는 커피를 석 잔이나 마시고 나서야 겨우 물었다. "한국엔 어찌 오셨나요. 공무로, 아님 사적인 일로….." 그는 대뜸 대답했다. "결혼하러 나왔습니다." 숨이 막혔다. 침묵이 흘렀다. 그 무거운 침묵 끝에 집에 가겠다는 나를 대문 앞까지 데려다주면서 그가 말했다. "결혼해 주십시오." 천둥소리 같았다. 청혼이었다. 만난 지 한 시간. 무엇에 이끌린 것일까. "우리 엄마에게 물어보세요!" 홍시가 된 얼굴로 나는 황급히 집안으로 뛰어 들어왔다.

다음날 외가와 친가 어른들만 일식집에 다시 모였다. 한 번 더 신랑될 사람을 면접했다. 진솔하고 믿음이 간다는 게 어른들의 평가였다. 물론 양가를 알고 다리를 놓은 이모할머니를 신뢰했기 때문일 것이다. 남편은 미국에서 직장 휴가를 얻어 나왔기 때문에 돌아가야 할 시간이 촉박하니 결혼을 허락해 준다면 빠르게 진행하고 싶다고 했다.

약혼식

선본 지 사흘째 되던 날, 남편의 간청으로 친척과 친구들을 급히 불러 모아 백작 그릴에서 약혼식을 했다. 양쪽 집안을 잘 아는 이모할머니가 중매한 덕도 있지만, 남편이 집안 어른들과 부모님께 후한 점수를 받은 덕분이었다. 신랑은 미국에서 신부에게 줄 반지와 화장품, 향수까지 세심하게 준비해 가지고 왔다.

약혼식을 마치고 둘만 명동 길을 걷다가 생음악이 흐르는 고급 식당으로 들어갔다. 잠시 숨을 고르고 음식을 주문하고 기다렸다. "춤 한번 추실까요?" 그가 물었다. 당황했다. "춤을 추어 본 적이 없어요." 잠시 침묵이 흐른 후 그는 다시 춤을 추자고 했다. 배워본 적이 없다고 볼멘소리로 대답했다. "내가 이끄는 대로 따라만 오면 됩니다." 그는 간청했다. 너무 부끄럽고 부담스러워 거의 울기 직전이었는데 세 번을 묻고 나서야 그는 포기한 듯했다.

나는 집 안에서만 자라 동네 길도 제대로 몰랐다. 친구들과 영화 구경도, 미팅도, 동아리 모임도, 여행도, 카페도 가본 적이 없었다.

대학에 들어갔을 때 가정교사 선생님이 기념으로 돌체다방에 데리고
간 것이 전부였다.

식사가 끝나고 커피를 마시면서 그는 두 번째 천둥소리를 했다. "춤을
잘 추는 여자라면 파혼하려고 했습니다." 그런 생각을 품고 물어본 것이
었다. 그는 이민 가기 전 외국 생활에 도움이 될까 하고 사교춤을 배웠다
고 했다. 댄스홀에 가서 춤을 배우면서 바람난 여자들을 많이 봤기 때문
이라고 했다.

결혼식

ﾟﾟﾟ

내가 결혼한다는 소문이 삽시간에 퍼져 얌전한 고양이가 부뚜막에 먼저 올라간다고 친구들이 야단법석이었다. 집 밖에도 안 나오고 연애 한번 안 한 아이가 갑자기 시집을 간다니 모두가 기절초풍할 만했다.

남편과 만난 지 이레째 되던 날, 음력 정월 초이틀, 양력으로 2월 7일, 대학 졸업식을 한 달가량 앞두고 우리는 결혼식을 올렸다. 하얀 장갑을 낀 나의 손을 건네받던 순간, 남편의 손에서 전해오던 떨림이 기억난다. 펑펑 쏟아지던 그 날의 눈처럼 한 사람의 일생이 내게로 다가왔다. 전날이 설이라 상점들은 문을 닫았고 거리엔 인적이 없었다. 주인도 일꾼도 다 고향으로 내려가고 미장원도 양장점도 문을 닫았다. 어릴 때부터 옷을 지어주던 라메르 양장점 주인아줌마가 밤을 꼬박 새우며 손수 웨딩드레스를 만드느라 고생했다는 이야기를 들었다. 미용실도 문을 닫아 그랜드호텔 미용실에서 일하는 친구의 언니에게 신세를 졌다. 꽃도 부케도 호텔에 있는 꽃으로 만들었다.

친구 중에서 내가 제일 먼저 시집을 갔으니 내가 그들보다 먼저 세상이라는 학교에 입학한 날이다. 호기심까지 더해져 동창생들이 결혼식에 많이 왔다. 급하게 연락받은 집안의 친지도 많이 오셨지만, 지금 생각하면 이보다 더 큰 폐가 없을 듯하다. 세배를 받아야 할 시간에 남의 집 결혼식장에서 새해를 보내게 되었으니 말이다. 친척과 친지는 집안에서 제일 먼저 결혼하게 된 집에 오지 않을 수가 없었으리라.

신랑은 제주도로 신혼여행을 가고 싶어 했지만, 태풍주의보로 비행기가 뜰 수 없어 워커힐 호텔로 신혼여행을 갔다. 처음으로 멋쩍게 손을 잡았다. 저녁을 먹으면서 어색한 둘의 관계가 차츰 부드러워졌다. 다음 날 새벽잠에서 깨어나니 함박눈이 소복이 쌓여 있었다. 아침 햇살을 받아 눈 덮인 땅은 눈이 부시었다. 외삼촌과 숙모께서 전화를 걸어와 복을 많이 받겠다고 축복의 덕담을 해주셨다. 신혼여행에서 돌아와 친정집에서 며칠 머문 후 남편은 나의 대학 졸업식에 참석하고 다음 날 미국으로 돌아갔다. 가장 가까이에서 느낀 서로의 2월을 우린 어떤 겨울로 기억하게 될까.

나는 순진하게도 결혼식이 결혼의 완성인 줄 알았다. 미완의 시작인 것을 모른 채.

친정 부모님의 교훈

친정어머니는 철없는 나를 시집보내면서 결혼 생활과 인간관계의 지침을 말씀하시면서 당부하셨다. "부부는 아무리 싸워도 각방을 쓰면 안 된다. 서로 등을 돌리고 자더라도 같은 방에서 자야 한다." "엄 서방이 시키는 대로 순종(順從)해라." "원수는 물에 새기고 은혜는 가슴에 새겨라."

아버지께서는 젓가락 둘을 서로 기대며 한문으로 사람 인(人)자를 만들어 보이셨다. "사람은 홀로 살 수 없다. 둘이 합쳐야 온전한 사람이 된다. 만남은 하늘이 만들어 주지만, 만들어 가는 것은 사람의 몫이다." 하시면서 서로 기대어 잘 살라 하시며 손을 꼭 잡아주시고 안아주셨다. 철없는 내가 어찌 부모를 떠나왔는지 참으로 불가사의하다. 인생의 봄, 여름, 가을, 겨울을 어떻게 맞이할지도 모르면서.

친정 부모님의 부부관이 우리 결혼생활에 큰 가르침이 되어 아직 각방은 쓰지 않는다. 인간관계에서 상처를 받을 때도 있지만 역지사지(易地思之) 그 사람의 관점에서 다시 생각해 보고 이해하려 애쓴다.

친정아버지 말씀대로 늘 부부는 한 팀이라 생각하고 자녀들이 결혼한 후에는 그 집 사정을 알려고 들여다보지도 않는다. 삶의 경험으로 당부하시는 귀한 가르침은 돈을 주고도 살 수 없는 금과옥조(金科玉條)였다.

부모님과의 작별

　미국으로 떠나던 날, 집을 나서기 전 부모님께 절을 올릴 때 부모님과 나는 쏟아지는 눈물을 감당키 어려웠다. 안아주시고 만져보시고 그 애틋함은 이루 말할 수가 없었다.

　1970년 7월 10일. 김포공항에서 부모님, 형제자매, 일가친척, 친구들의 배웅을 받았다. 한참을 걸어가다 뒤돌아보고 또 돌아보며 트랩을 올라 미국으로 향했다. 그때는 다시 볼 수 있을지도 알 수 없던 시절이었다.

　비행기가 김포공항을 떠나 대한해협을 건너 중간 기착지인 일본 공항까지 가는 동안 얼마나 많이 울었는지 모른다. 그때 흘린 눈물을 생각하면 내게 아직도 눈물이 남아 있는 것이 신기하다. 결혼했으면 출가(出家)하는 것인데 마치 가출한 미성년자처럼 집으로 돌아가고 싶은 마음에 때로는 많이도 울었다.

미국 도착

　남편 한 사람 믿고 태평양을 건너 만리타국 미국에 온 날, 공항에는 시댁 식구들이 마중 나와 있었다. 남편과는 눈인사만 나눌 뿐 말이 없었다. 너무 멋쩍어서 미국 유학 중인 사촌 오빠에게만 반갑게 인사를 나누었다.

　처음 만나는 시동생들, 시누, 조카들과 인사를 나누고 화려한 불빛을 가르며 시댁에 도착했다. 시댁 어른들, 시숙, 동서, 큰시누님과 인사를 나누었다. 그런데 어쩜, 이렇게나! 시어머님은 한국 음식으로 한 상 가득 진수성찬을 차리셨다. 내가 특히 좋아하는 고사리나물까지 귀한 반찬이 가득했다. 새댁이 온다고 정성을 다해 준비하신 밥상이었다. 미국에서도 이런 한국 음식을 먹을 수 있다니! 상상을 못 했다. 놀라웠다.

　낯선 미국에서의 신혼생활 첫 장은 이렇게 시어머님의 정성과 사랑에 감동하면서 시작되었다.

폐백 때 주신 시어머님의 교훈

〰〰

미국에 도착하여 시댁에서 저녁을 먹고 신혼집으로 왔다. 다음날 다시 시댁으로 갔다. 신혼집과 시댁은 15분 정도 떨어져 있었다. 시부모님 발아래 앉았다. 한복을 입고 수줍음이 가득한 절을 올렸다.

폐백을 드릴 때 시어머님은 페니(penny) 동전을 보여주셨다. "이것이 가장 귀한 것이다. 1전이 없으면 9불 99전도 10불이 될 수 없고 999불 99전도 1,000불이 될 수 없다. 페니를 귀중히 여기고 써라."

시어머님께서 작은 것 하나도 귀하게 여기고 써라 하시던 교훈이 삶의 곳곳을 이끌어 주었다. "자신의 분수에 맞지 않게 소비하는 것이 사치이고 분수에 맞게 소비하는 것이 검소"라는 이 금언적 명언은 시집온 후에야 시어머님에게서 배운 보석 같은 교훈이다.

두 번째 말씀은 남편이 말수가 적다고 하셨다 "네 남편을 키우면서 서로 이야기를 나누어 본 것이 열 손가락도 못 채운다."

아버님께서도 "새아기야 네가 좀 답답할 거다." 하셨을 만큼 남편은 정말 말수가 적은 사람이었다.

그가 워싱턴 D.C.(Washington D.C.)에서 캘리포니아로 5일간 운전하고 올 동안 단 한 장의 엽서만 한국으로 보내왔었다. 내용은 딱 한 줄이었다. "무소식이 희소식." 그는 고독의 철인 같았으나 가슴은 따뜻했다. 신혼은 말 없는 그런 남편보다는 인자하신 어머님과 자연스럽게 더 가까워지며 시작되었다.

새색시 실수담

❦

아무것도 모르는 새댁이 결혼과 동시에 미국으로 와서 풋내기 주부로 정말 어찌할 줄 몰라 많이도 당황했다. 허다한 실수담이 떠오르면 지금도 얼굴이 빨개지고 웃음이 터진다.

에피소드 1

파이렉스(Pyrex) 그릇이 처음 나왔을 때였다. 남편이 직장에서 돌아오기를 기다리는 동안 찌개 재료를 준비하여 파이렉스 그릇에 담아 냉장고에 넣어 두었다. 남편을 마중하러 아파트 정문 앞으로 나가기 전, 파이렉스 그릇에 담아 놓은 고추장찌개를 꺼내 불 위에 올려놓고 나갔다. 아파트 방문을 열고 들어왔을 때 화산이 터지듯 파이렉스 그릇이 가스스토브 위에서 폭발했다. 부엌 바닥과 천장이 고추장찌개로 범벅이 되었다. 쩔쩔맸다. 파이렉스 그릇 사용 방법을 몰라 찬 것을 뜨거운 불 위에 바로 올려놓은 것이 실수였다. "이리 나와요. 유리에 발 다치니까. 조심해서." 남편은 나를 부엌에서 불러낸 뒤 혼자서 부엌 바닥이며 벽, 천장까지 땀을 뻘뻘 흘리며 치웠다. 그때는 아무렇지도 않게 생각했지만, 세월이 지나면서 정말 미안하고 고마웠다.

에피소드 2

밥은 남편에게 배웠지만, 반찬을 전혀 할 줄 모르니 어머님 댁에 가서 음식을 배우기 시작했다. 8월 어느 날, 물김치 담그는 법을 배웠다. 집에 돌아오는 길에 재료를 사 만들었다. 나 자신이 대견하여 한국의 엄마한테 전화까지 했다. 이틀 후부터 먹을 거라고 자랑까지 했다. 그런데 싱크대 밑에 넣어둔 물김치 병에서 거품이 생기기 시작했다. 왜 이럴까? 아차! 배추 절일 때는 소금을 넣었는데 배추를 씻고 나서는 소금을 전혀 넣지 않아 김치가 시어져 거품이 난 것이다. 이걸 어쩌나! 김치를 싱크대에 들어붓고 음식물 분쇄기(Garbage disposal)로 갈아버리니 남편이 말했다. "시어머니 아시면 쫓겨날 일입니다." 얼굴이 불덩어리처럼 달아올랐다. 부끄럽지만 어쩔 수 없는 일. 다시는 이런 실수하지 말아야지 다짐했다.

에피소드 3

남편과 블록스 백화점(지금은 없어졌음)에서 꽤 비싼 노란색 캐시미어(cashmere) 스웨터를 커플로 산 적이 있다. 스웨터를 입고 처음으로 그 리피스 공원에 나들이를 하러 갔다. 집으로 돌아와 공원에 먼지가 많았으리라 생각하고 세탁실로 내려가 뜨거운 물에 비누 1컵을 넣고 스웨터 2개를 빨아 뜨거운 바람으로 말렸다. 꺼내 보니 이게 웬일인가. 스웨터가 손바닥만 했다. 난감했다. 남편에게 보여주니 "내가 빨래 기계 사용하는 걸 아직 안 가르쳐 주었네요." 하며 웃었다. 그 친절함을 지금도 잊을 수가 없다.

에피소드 4

식기 세척기(Dish Washer)에 접시 몇 개를 넣고 설거지용 물비누를 부었다. 기계를 돌려놓고 아파트 정문에서 남편의 퇴근을 기다렸다. 둘이 손잡고 방문을 열고 들어서니 이런 황당한 일이! 세척기에서 뿜어낸 거품이 부엌 바닥을 지나 리빙 룸 카펫으로 몰려가는 게 아닌가. 당황에 또 당황! 난 왜 이렇게 모르는 게 많아 일만 저지르나 부끄러운데 남편이 말했다. "아차, 그릇 닦는 기계 사용법도 내가 미처 말 안 했지요" 그리곤 소매를 걷어붙이고 수건이란 수건은 다 꺼내서 닦고 청소했다. 남편은 며칠을 축축한 카펫을 밟고 다녀도 아무 말을 하지 않았다.

이렇게 시집와서 실수한 이야기는 정말 많다. 난 실수쟁이였다. 나의 허물과 실수를 자기 일처럼 여기고 함께 감당해준 남편이 눈물 나도록 고마웠고 내 편이 먼 이국땅에서 기다리고 있었다는 게 바위처럼 든든했다. 유구무언(有口無言)인 내가 고맙다고 말하면 미소만 보일 뿐 말이 없는 사람. 신혼부부는 어느새 이심전심이 되었다.

산속의 부부 정상회의

〜✤〜

마음을 비우고 싶을 때, 나는 산이나 바다를 즐겨 찾는다. 아이들와일드(Idyllwild)는 지난번 잠시 현실을 벗어나 친구와 왔을 때 가을에 오면 좋을 것 같아 점찍어 뒀던 곳이다. 여럿이 오는 여행은 정성껏 싸 온 반찬 나눠 먹듯 얘깃거리가 많아 좋고 부부만 오는 여행은 자유롭고 편안해서 좋다.

아이들와일드는 산세가 완만하고 길이 평탄하여 운전하기 좋다. 고개마다 단풍은 천자만홍(千紫萬紅)의 가을 정취를 아낌없이 선물한다. 산허리를 끼고 굽이굽이 돌아서 예약한 산자락 숙소에 닿았다. 사방이 가을 냄새로 가득하다.

관광지인 이곳은 예술인 마을이다. 우리는 짐을 풀고 거리로 나왔다. 뜨겁게 내리쬐는 태양 아래 관광객이 많다. 상점이 즐비한 거리에서 조그맣고 예쁜 식당이 유독 눈에 띈다. 가게 안은 현대식 그림으로 장식되었고 음식도 시내 식당에 비교해 손색이 없다. 나무로 만든 야외 테이블과 나그네들이 쉬는 의자는 연륜이 느껴져 운치가 있다. 깊은 산골짜기에서 고급스럽고 맛깔스러운 점심을 먹을 수 있어서 행복하다. 새로운 환경과의 만남이 설렘을 안겨준다.

나는 얼마 전 퇴임식을 마쳤다. 나는 낮추고 남을 유익하게 한 뒤 사라지는 소금 같은 존재가 될 수는 없을까. 며칠 전 빛바랜 나뭇잎을 보면서 빗자루에 쓸려 사라지기 전에 무엇에라도 자양분 같은 존재가 되고 싶은 마음이 간절했다. 초년 은퇴 생활의 간절한 고민을 안고 여행을 떠난 터였다.

남편과 회의를 했다. 첫 안건은 앞으로 일보다는 소중한 것을 위하여 살아가자는 것이었는데 쉽게 합의가 됐다. 두 번째 안건은 의견 차이가 있어 잠시 휴식에 들어갔다. 저녁 식사 후 혼자 산책에 나섰다. 합의를 못 본 안건을 다시 생각하며 숲길을 걸었다. 자존심 싸움은 아니지만, 둘 사이에 차이가 엄청나다. 남편은 상황에 맞추기보다는 더 위에서 독자적으로 판단해 내 입을 다물게 한다. 내가 못 보는 것을 보고 내가 미처 깨닫지 못한 것으로 나를 찌른다. 나는 늘 빨리 걷고 그는 더디 걷는다. 누가 맞고 틀린 것은 아니라 서로 다른 것이다. 잠시 회의를 중단하고 나중에 다시 하기로 한 것은 참 잘한 것 같다. 부부 사이의 회의도 이러니 하물며 남북한 공동회의 같은 것은 오죽할까.

무심히 밤하늘을 올려다봤다. 도시에서는 볼 수 없는 은하수와 쏟아지는 별들. 맑고 깨끗한 밤하늘. 오늘 걱정은 오늘로 끝내고 새날을 기약하며 잠이 들었다.

햇살이 강하기 전에 짧은 하이킹 코스를 걸었다. 숲이 정겹고 아름답다. 수십 가지는 넘을 듯한 나무들이 저마다 새벽 향기를 내뿜는다. 나무도 바위도 숲도 산도 새소리도 제 모습으로 그 자리에 있다. 새벽이 서서히 햇빛을 받고 물러난다. 새벽 6시부터 문을 여는 커피숍은 눈 비비고 나온 관광객에게는 그렇게 고마울 수가 없다. 나도 에스프레소 한잔을 마셨다. 거리에서 만나는 사람마다 소통의 미학이 되니 여행이 추억을 만들어 준다. 여행은 수필이며 예술이다.

　예쁜 식당에서 아침을 먹고 짐을 쌌다. 끝내지 못한 정상회의를 계속 해야 할지 이쯤에서 접어야 할지 망설이고 있을 때 바깥으로 짐을 옮기면서 남편이 큰 소리로 말한다. "정상회담 자리론 이만한 곳이 없어. 12월에 이번 안건으로 회의 한 번 더 합시다" 한 번 더 놀러 오자는 건지, 진심으로 회의를 하자는 건지 알 수 없지만, 은퇴 이후 남편과 함께 하는 시간이 편안하고 좋다. 둘 사이의 이견 조율이 잘 된듯하다. 떠나는 오늘은 과거가 될 터이고 돌아올 12월은 다시 현재가 되겠지. 그날 어떻게 합의가 될까? 산자락 높은 곳에 걸린 낮달이 집에 갈 생각은 않고 나를 내려다보며 웃고 있다. 햇살이 유난히도 맑아서 자연의 속살까지도 환이 내비치는 아이들와일드가 그림엽서처럼 예쁘다.

(2018. 10.)

나에게 쓰는 반성문

　어제 저녁 밥상에 정성껏 담근 깍두기를 내놓았다. 남편에게 "깍두기 맛있죠?"라고 물었건만, 대답이 없었다. 다시 물으니 남편이 그제야 답했다. "그냥 조용히 먹어." 두 번이나 물어서 들은 대답이었다. '어! 이건 아니지. 이건 예의가 아니지.' 화가 나서 체할 것 같았다. 수저를 내려놓았다. 남편의 말에 낙담한 마음을 다스리기 힘들다. 자존심에 난 상처가 유난히 아팠다. 섭섭한 마음에 가슴이 답답했다.

　남편은 성격은 부드럽지만, 말수가 너무 적다. 처음엔 그것이 매력이었지만, 답답할 때가 많다. 그래도 몇십 년을 함께 살면서 해마다 말수가 조금씩 늘어 견딜 만했다.

　오늘도 그렇게 말해 놓고는 시간이 지나니 언제 그랬느냐는 듯 다정하게 말을 건넨다. 이해가 안 된다. 마음을 넓게 갖고 이해해야겠지만, 오늘은 그런 마음이 들지 않는다. 차갑고 융통성 없게 말하는 남편을 이해하기 힘들다. 남편의 말 한마디에 입술이 설날 복주머니처럼 커졌다.

　50년을 오직 사랑 하나로 살아왔겠는가. 온몸 구석구석 스며든 정 때문이지, 하면서도 속상하다. 어찌 그리 차갑고 생각 없이 말할 수 있단 말인가. 얼마나 더 살아야 마음 따뜻한 대화가 될 수 있을까. 언제까지 참아야 따뜻한 말로 서로를 존귀하게 여기며 말할까.

그동안 나는 남편의 성격을 받아주는 것이 수천 길 산을 넘고 물을 건너 맺어진 인연에 대한 보답이라고 생각하며 살았다. 매일 머릿속으로는 남편의 독특한 성품을 인정해야 한다고 생각하면서도 현실에 부딪히면 원점으로 돌아가는 자신과 갈등한다.

기분이 상하면 생각이 많아진다. 언제쯤 나는 마음이 흔들리지 않을 수 있을까. 죽을 때까지 신앙의 힘으로 사는 게 삶이라고 생각하면서도 아픈 마음을 달래기 어렵다.

마라톤에서 가장 고통스러운 것은 신발 속의 작은 모래알 하나라고 한다. 의외로 사람에게 상처를 주는 것도 무심하게 던진 말 한마디다. 상대의 마음을 살피고 다정하게 말하는 것은 작지 않은 덕이다. 그래서 자신을 다스리고 품격 있는 언어를 사용하는 데는 깊은 수양이 필요하다. 나이가 들수록 상대를 존중하고 무례함을 피해야 한다. 우리 부부도 사소한 말 한마디로도 상처 주는 일이 없기를 바라며 애써 잠을 청한다.

다음날 동이 트고 떠오르는 해를 보며 산책길에 나섰다. 석류나무 빨간 꽃잎은 농염하고 새소리는 더 고왔다. 이 좋은 시절에 후회 없이 행복하고 싶다.

(2019. 4.)

부부 매뉴얼

　난시와 노안이 심해져 깨알 같은 글씨를 읽는 것은 스트레스다. 얼마 전에 흑백 레이저 프린터를 사서 매뉴얼을 읽지 않고 잉크 드럼을 끼우고 프린트를 누르니 백지만 나온다. 불량품이라고 투덜대며 바꾸러 가려는데 남편이 잠깐 살펴보겠다더니 드럼 한쪽에 붙어 있는 작은 투명 테이프를 뜯어낸다. 다른 것은 다 떼어냈는데 잉크 드럼에 있는 것은 못 본 것이다. 사용법을 읽지 않은 내 탓을 하지 않고 멀쩡한 프린터에 불평만 해댄 것이다.

　나는 철이 없을 때 결혼했다. 만난 지 한 시간 만에 청혼을 받고 사흘째 되던 날에 약혼하고 일주일이 되던 날 결혼식을 올렸다. 우리 아이들이 지금도 엄마 아빠의 결혼 얘기를 하면서 "어떻게 그럴 수가 있어요. 손도 한번 안 잡아보고, 뽀뽀도 안 하고" 하며 웃는다. 양가 집안이 서로 알기에 석기시대 사람도 아니면서 부모님의 의견에 무조건 순종하여 서로를 알 기회도 없이 결정하고 결혼이 이루어졌다.

　결혼 생활 중에 나타나는 가치관과 성격 차이, 생각의 차이가 처음엔 매력으로 다가왔다. 그러나 시간이 가면서 오히려 불편함으로 바뀌어 갈 줄 어떻게 알았겠는가.

남편은 스물일곱 살에 미국에 이민 왔다. 나는 우리 동네와 외가댁 외엔 가본 적이 없는 우물 안 개구리였다. 나는 남의 말을 잘 믿고 잘 듣지만, 그는 남의 말 듣는 것을 불편하게 생각한다. 그는 먼 곳을 바라보고 나는 바로 앞만 본다. 그의 성품은 은근하여 큰소리를 낸 적이 몇 번 없지만 나는 시냇물과 같아 늘 졸졸 소리 내어 흐른다. 그는 사람을 많이 사귀길 싫어하여 고등학교 친구 한 사람에 대한 그리움밖에 없지만 나는 주위에 다가오는 여러 사람을 아름답고 향기로운 인연으로 생각하고 교제하기를 좋아한다. 물론 그는 사람이 집안에 드나드는 것도 좋아하지 않는다. 이런 사고방식과 생활 습관 때문에 내적 갈등이 점점 쌓여 갔다. 결혼 초기에는 서로 존중을 잃지 않으려 무던히도 갈등하며 감정의 선을 넘나들었다. 남편은 자존심이 워낙 강한 사람이어서 어릴 때부터 누구도 그의 고집을 꺾지 못했다. 서로 노력할 때는 그런대로 괜찮았지만 그렇지 않을 때는 사랑도 정도 식어버려 미움이 싹트는 냉정한 관계가 되기도 했다.

같은 단어를 사용해도 똑같은 의미로 들리지 않는다는 것을 남편과의 관계에서 처음 알았다. 여름에도 찬물 마시기를 싫어하는 나와는 달리 남편은 추운 겨울에도 얼음을 넣고 물을 마신다. 그는 겨울에도 이불을 덮지 않는 반면에 나는 겹겹이 덮어야 잔다. 그는 먹고 난 후 일을 하는 사람이고 나는 일을 끝내고 먹는 성격이다. 그는 안분지족(安分知足) 하는 사람이고 나는 새로운 것을 발견하며 살아가는, 아직도 성장하는 사람이다. 서로 의아하고 이상함을 느끼는 삶의 연속이다.

우리는 각자 서로에 대한 매뉴얼이 있다. 하지만 남편의 매뉴얼을 차분히 읽지 않으면 내 감정의 강이 넘쳐나 격류를 일으키고 흙탕물을 튀

긴다. 그럴 때마다 남편은 남편대로 나는 나대로 저만치 떠내려가 표류했다.

긴 결혼 생활. 언제부턴가 그도 조금씩 변하고 있음을 느낀다. 신기하다. 철옹성처럼 느껴졌던 고집도 많이 변했다. 변할 것 같지 않던 그가 변하다니. 그도 나의 매뉴얼을 꼼꼼히 읽고 있는 건 아닐까. 저녁마다 남편은 과일을 깎아 건넨다. 내게 건네는 사랑의 언어다. 나는 남편의 안경을 말끔히 닦아놓고 구두를 반짝반짝 빛나게 닦아놓는다. 그는 미소로 연서를 보낸다.

얼마 전에 결혼 47주년이 지났다. 모든 사람이 결혼 전 필수 과목으로 부부생활과 자녀 양육 교육을 받아 면허증을 받은 다음 결혼한다면 얼마나 좋을까? 결혼 때 사주단자 속에 보석 대신 시행착오를 조금이라도 줄일 수 있는 부부간 매뉴얼을 넣어주었다면 참 좋았을 것을.

아직도 우리는 가끔 고개를 갸우뚱거리며 서로를 노안으로 뚫어져라 읽는다. 그러나 상대를 탓하며 노려보아봤자 결국은 칼로 물 베기일 테지만.

(2017. 6.)

노년이 익어가는 계절

～⁂～

안개 낀 아침. 안개가 만든 풍경이 좋다. 조금은 감춘 듯한 아침 안개가 새색시 수줍음 같다. 안개는 따뜻한 대기와 차가운 지표면의 갈등에서 피어난다. 갈등이 끼면 보이지 않는 것도 있지만, 모든 것은 제 자리를 지키고 있다. 보일 듯 말 듯 좀 흐릿한 안개 낀 삶도 나쁘지 않다.

파네라 브레드(Panera Bread)에 왔다. 남편은 아침을 나는 커피를 즐긴다. 나에게 커피 한잔은 낭만과 예술이요, 삶의 활기다. 자주 오는 단골들과 기쁘게 인사를 나눈다. 직원들이 자주 바뀌다 보니 새로운 사람을 만나는데 그중에는 말을 부드럽고 예쁘게 하는 사람도 만난다. 그 사람이 주문을 받는 날은 은근히 기분이 좋아진다.

오늘은 일 년에 한 번씩 찾아오는 내 생일이다. 젊음을 잃지 않으려는 마음과 적극적인 삶의 태도를 간직하려는 나에게 잊지 않고 찾아오는 오늘도 삶의 한구석에 싸여간다. 이날에 나를 향한 하나님의 뜻은 무엇일까. 나이가 든다는 게 생각보다 훨씬 좋다. 조금씩 사라지는 기억의 빈 공간을 채우는 것은 느긋함과 여유, 고마움이다. 늙어도 고독함도 즐길 줄 알면 섭섭함은 줄고 여유는 늘어나는 것 같다. 나이를 먹는다고 마음이 늙는 것은 아니기 때문일까. 누군가의 말처럼 늙어 가는 게 아니고 익어가는 것이기 때문일까. 오늘은 그 누군가가 살고 싶어 한 내일, 그날이다. 스스로에겐 정결하고 부지런하게, 이웃에겐 친절하고 관대하게 진정 그렇게 멋있게 익어가는 노년이 되고 싶다. 가치 있는 삶의 역사를 쓰고 싶다.

남편이 커피를 마시다 지난번 무심코 내 마음을 서럽게 한 것이 미안하다고 했다. 아침을 먹으면서 듣는 남편의 말이 여름철 물줄기처럼 청량하다. 마음에 깊게 파인 상처도 사랑이 지나가면 모래 위에 쓴 글씨처럼 사라진다고 했던가. 쓰라린 상처를 만드는 것도 사람이고 지워지지 않을 것 같은 상처를 지우는 것도 사람이라 하지 않는가. 남편의 타고난 성품이 그러려니 하면서도 때로는 섭섭했는데 내게 무심한 것만은 아닌 듯하다. 시간은 때로 많은 것을 가능케 하는 것 같다. 가슴에 박힌 돌멩이 하나가 사라진다.

뜨는 태양도 아름답지만 지는 석양은 더 아름답다. 50년을 함께 살아온 남편이 오늘따라 발에 꼭 맞는 신발같이 편하다. 맘에 쏙 드는 새 신발은 참 좋은 선물이다. 그래도 친구같이 오래된 구두가 더 좋다. 내 발과 조율이 잘되어 먼 길도 편하게 갈 수 있으니까. 오늘이 참 좋다. 선물이다.

안개 속의 이야기를 수필로 쓰기 시작한 것은 정말 잘한 일 같다. 강물에 담긴 만삭인 새댁 같은 달의 이야기, 검은 보자기 쓴 콩나물 이야기, 거꾸로 땅에 박힌 파의 이야기, 주머니 속에서 지금도 데굴데굴 굴러다니는 한국 강원도 어느 집 밭에서 몇 년 전 훔쳐 온 고추씨 이야기도 쓰고 싶다. 실크 스카프처럼 낭창낭창 흔드는 거미집 이야기도 너무 쓰고 싶다.

사람 묻어나는 글을 쓰면서 멋있게 잘 늙고 싶다. 손자와 손녀의 매일 자라는 모습을 보고 살았으니 손주들의 빛나는 눈을, 나도 눈 반짝이며 적어 내려가고 싶다. 세월이 흘러가도 안개 너머에는 푸르른 초록마을이 있지 않은가.

아침 안개가 남기고 간 이슬이 구슬같이 맑은 물방울이 되어 커피숍 창문에 매달렸다. 영롱한 아름다움을 머금은 채.

(2020. 1.)

잘 안 들려도 괜찮아

남편의 하루는 파네라 브레드(Panera Bread)에서 샌드위치를 먹는 것으로 시작한다. 13년 넘게 변하지 않는 메뉴다. 오늘 아침도 부지런히 그곳으로 향한다.

빵집에서 만나는 단골끼리 인사를 나누며 서로 안부를 묻는다. 매일 만나는 손님이 남편에게 말을 걸었다. "그 빵을 얼마 동안 먹었습니까?" 남편은 미소 가득 빵만 먹고 있다. 민망하여 내가 대신 "남편은 귀가 좀 어두워 못 알아들은 것 같아요. 이해해 주세요." 그는 전에도 몇 번 말을 걸었으나 대답이 없어 이상했는데 말해주어 고맙다며 오히려 미안해한다.

식사를 마치고 녹내장 검사를 받으러 안과에 갔다. 진료실 밖에서 순서를 기다리던 중 문이 열리며 남편 이름을 부른다. 남편을 쳐다보니 앉은 채 웃으면서 손으로 인사를 하고 있다. "당신 이름 불러요." 그제야 겸연쩍게 일어난다. "난 간호사가 인사하는 줄 알았지. 내 이름 부르는 건 못 들었어." 이런 일은 비일비재하다.

남편은 나에게도 그런다. 분명 차분하게 모든 것을 설명했고 들었다고 생각했는데 혼자 중얼거려 자기는 전혀 모르는 일이라고 오히려 기분

나쁘다고 하니 난감하다. 처음에는 속도 상하고 화도 많이 났다. 감정에 따라 눈빛이 변하는 내 모습을 들키고 나니 내 그릇이 크지 못한 게 부끄럽다.

50년을 함께 살며 팔십도 넘은 나의 짝. 모든 기관이 닳아서 도움이 없으면 오해받기에 십상인 건강이 되었다. 측은지심이 든다. 어찌하랴! 서로 붙들어주며 남은 길을 걸어가야지. 내가 원치 않는 방향으로 삶의 길이 열려있다 해도 감사하는 마음으로 살아가야지. 삶 속의 많은 어려움을 신앙으로 잠재우며 살아가야지. 어려서 시집온 나에게 잘해준 것이 저금이 되어 그는 '그 사랑 저금통장'에서 빼먹고 산다. 받은 사랑은 돌아가기 마련인가 보다. 부메랑처럼.

삶에는 많은 가치가 있다. 나이 든 부부는 서로를 안타깝게 여겨야지 감정을 쏟아내면 피차 아프다. 인생의 고갯길에 서서 저물어 가는 노을을 바라보며 함께 걸어가는 노년. 때로는 텅 빈 가슴 가득 비가 내릴 때도 있다. 그럴 때면 훈훈한 봄바람이 되어 불어주고 싶다. 사랑하니까. 나는 그의 간호사니까. 사랑은 한쪽에만 머무는 법이 결코 없는 것 같다.

숨을 크게 들이마신다. 특별한 말은 하지 않아도 손을 붙잡고 함께 걷다 보면 마음속 깊은 곳에서 따뜻함이 전해온다. 온전한 이해와 용납은 진심 어린 마음을 통해서만 가능하다. 남편이 내 입술을 보고서야 이해되는 단어가 늘어 간다고 해도 옆에 존재한다는 사실 만으로도 고맙다. 슬픔과 기쁨을 공유하고 살아간다는 것이 감사하다.

십 년 전, 남편의 귀가 어두워진 줄 모르고 짜증스럽게 자꾸 물어본다고 화를 냈었다. 그날 "당신도 내 나이가 되어보세요." 하던 남편의 말이 기억난다. 나도 벌써 일흔 살을 지났다. 돋보기를 줄에 엮어 목에 걸고도 돋보기안경을 찾는 일이 일상이다. 나도 다른 모습으로 그 길을 따라가고 있다. 시간은 가는 것만이 아니고 나에게 다가오는 것도 삶에서 실감한다.

병원을 나서니 하늘은 눈이 시리도록 파랗다. 청명한 하늘 아래로 눈부신 햇살이 넓은 잔디를 비추며 투명한 햇살을 그 속에 품는다. 황금빛이 된 초록의 잔디가 아련히 빛난다.

(2019. 4.)

수를 놓듯, 연서를 쓰듯

❦

　5월이면 수필에 입문한 지 3년이 된다. 아직 내 글은 갈피가 없다. 추억의 언덕에는 풀잎 같은 이야기가 눈부시게 빛나는데 내 글 솜씨로는 형용할 수 없다.

　첫아기를 해산하고 아무것도 몰라 쩔쩔맬 때 남편은 불평 한마디 없이 집안일을 도와주었다. 그때는 당연하다고 생각했는데 시간이 지날수록 고마웠다. 내가 지칠 때, 약할 때, 힘들 때, 남편은 날 위해 희생했다. 부모를 떠나 만리타국에 온 내가 외롭기라도 할까 봐 긴장을 늦추지 않았다. 아이들을 키울 때는 어려운 일을 도맡아 해주었고 내가 온 마음을 쏟아 사역할 때는 마지막 순간까지 말없이 큰 힘이 되어주었다. 그런 남편과의 이야기를 글로 쓸 때는 지금도 가슴이 뛴다.

　결혼 49주년. 대가족을 이룬 지금도 남편의 넓은 마음은 언제나 들어가 쉴 수 있는 휴식처다. 내 마음속 깊이 사랑과 고마움이 넘치니 내가 쓰는 수필은 남편에게 쓰는 연서다. 남편이 이 작은 글을 읽고 바람을 만난 풀잎처럼 살짝이라도 몸을 뒤척인다면 나는 첫아기를 해산하고 눈물을 흘렸을 때처럼 행복하리라.

　결혼기념일에 나는 남편에게 카드를 썼다. 하지만 금혼식을 맞았을 때 마음을 글로 써서 전하고 싶었다. 막상 글쓰기는 쉽지 않았다. 글을 쓰고 다음 날 읽으면 낯설었다. 마음에 들지 않아 읽다가 덮은 것이 한두 번이 아니었다. 쓴 만큼 덮었고 덮은 만큼 다시 썼다. 그러나 신기하게도 쓰다 보면 자신감도 생겼다.

시가 비단이라면 수필은 수건쯤 된다. 땀도 닦고 검댕도 슬쩍 훔치고 둘둘 말아 뜨거운 냄비도 든다. 글은 그 사람의 분신이라는데 부담을 내려놓고 어릴 때부터 지금까지 보고 듣고 느끼고 겪은 것을 쓸 것이다.

처녀 시절 나는 머리를 빗을 때 어깨 위에 두르는 덮개를 만들곤 했다. 덮개를 만들 때는 먼저 색실을 들고 어떻게 수를 놓을까 생각했다. 그다음에 색실을 바늘에 꿰고 한 땀 한 땀 정성껏 수를 놓았다. 이제 수를 놓듯 수필을 쓴다. 한 땀 한 땀, 연서를 쓰듯.

(2019. 2.)

내 생애 아름다운 날

℘

저물어 가는 석양을 바라본다. 해지고 어두워지는 시간이 지나며 구름은 하나의 무늬를 이루고 하늘을 감싼다. 넓고 길게 펼쳐진 바다 위에서 저녁별이 떠오르기를 기다린다. 구름과 바다 빛과 그림자가 조화를 만들어내는 장관을 바라보며 그 아름다움에 스며든다.

남편은 팔순을 지나면서 먼 길 여행을 꺼렸다. "그래도 금혼식인데" 하며 아쉬워하니 겨우 여행에 나섰다. 이만큼 건강한 것만 해도 어딘데 무엇을 더 바랄까 하면서도 앞으로 긴 여행은 감당하기 쉽지 않을 것 같아 하와이로 정했다.

기쁘고 슬픈 날을 함께 하며 살아온 지난 세월이 파노라마처럼 펼쳐진다. 선보고 7일째 되던 날에 결혼했기에 사랑하는 마음이 채 싹트기도 전에 아이를 낳고 연애를 시작했다. 긴 세월 동안 깊은 호수가 된 남편과 아름다운 수필이 된 나의 자손들. 집안일을 도와주는 것이 당연한 것은 아닌 시절이었는데도 아무것도 할 줄 몰라 실수투성이였던 나를 잘 가르쳐주고 도와준 남편이 있었기에 가능했던 결혼 생활이었다.

하와이에 도착해 미리 주문해둔 트롤리(trolley) 패스를 찾았다. 여섯 라인의 트롤리를 이용해서 일주일간의 스케줄을 맘껏 즐기기 위해서다.

ABC 가게에서 간단히 물과 바나나, 사과, 파인애플을 샀다. 파인애플 원산지라서 싱싱하고 유난히 당도가 높고 향내도 대단하다.

하나우베 해안선 절경을 바라보니 6년 전과 비교해 변함이 없다. 나도 그럴 수 있을까. 흐린 날. 가랑비가 살짝 적셔준다. 초목이 몸을 흔들며 즐거워한다. 나도 마냥 즐겁다. 한쪽 하늘은 맑고 한쪽은 어둡다. 진주 만 역사 기념관 구경은 나에겐 흥미가 없어도 남편은 올 때마다 열심히 읽어보고 설명까지 해준다.

구름을 안고 다니던 바람이 잿빛 하늘 아래로 잠깐이지만 보슬비를 뿌린다. 구경 가려던 장소를 몇 군데 건너뛰게 된다. 좋아하는 호놀룰루 박물관에서 4개의 전시장을 남편과 같이 구경하고 이층에 못 올라가는 남편을 두고 나만 나머지 작품을 감상했다. 여유와 치유가 공존하는 곳이다. 내가 제일 좋아하는 식물원 구경을 포기하고 돌아설 때는 섭섭했다.

이틀 전 2월 7일. 50년 전 내가 시집오던 날이다. 신혼여행 가던 날 남편이 내 손을 꼭 잡아주었다. 부끄러움과 수줍음으로 따라갔다. 10살이 많은 남편을 이제는 내가 그 손을 꼭 붙잡고 간다. 대리석처럼 견고하고 대들보처럼 듬직한 남편은 언제 보아도 겉모습보다 속이 향기로운 사람이다. 단 한 사람에게 친절한 눈빛을 주는 소중한 사람이다. 나도 시집올 때처럼 꾸밈없고 해맑은 아내. 향긋한 봄바람 같은 아내, 힘들 때 희망과 소망의 노래를 불러주던 아내로 남고 싶다.

떠나기 전날이다. 날씨가 아주 좋다. 세계에서 일출과 일몰이 가장 아름답다는 다이아몬드 전망대(Diamond Head)를 찾았다. 360도로 펼쳐진 황홀한 경치와 에메랄드 바다 빛 위를 반짝이는 은빛 물결이 정말 다이아몬드 같다. 바다는 마음씨가 너그럽다. 온갖 식물과 물고기와 보석을 키운 후 아낌없이 내어주면서도 자랑하지 않는다. 늘 낮은 곳에 머문다. 진정 닮고 싶다.

　6일간의 하와이 여행을 끝내고 집으로 돌아가는 하늘길이다. 내 생애 아름다운 날을 추억하게 한 여행이 되어 감사한 마음으로 돌아간다. 아직도 녹슬지 않은 사랑이 있어 좋다. 잘 익어가는 포도주를 서로 향내 맡으며 맛을 음미하는 노후가 이만하면 아름답고 즐겁다. 전과는 사뭇 다른 몸 움직임과 주름진 얼굴을 마주 보고 서로 위로하며 웃는다. 건강하게, 안전하게 즐기고 쉬면서 기쁨으로 치유를 받고 돌아간다. 충만한 구름과 깨끗한 바람과 작열하는 태양과 함께 노년의 사랑이 영원하길 바란다.

(2020. 2.)

chapter 2

바람을 따라
걷다

California Route 1, pacific coast hwy

별과 달을 긷듯

바람이 시원하다. 바쁘게 달려온 마음을 내려놓고 사색하고 싶다. 이
럴 땐 건축가인 막내 사위의 집이 안성맞춤이다.

계절이 지나가는 것이 보이는 큰 창문 너머 너른 정원과 그 위 파란
하늘이 보이고 자연의 소리가 들린다. 찻잔에 커피 따르는 소리도 맑게
들린다. 향을 음미하며 차를 마시기에 안성맞춤이다. 책 한 권 들고 뒤뜰
의 넓은 패티오로 나간다. 뒤뜰엔 여백이 많다. 적적한 고요함이 흐른
다. 너무 조용해 공기가 살에 닿는 것이 느껴진다.

자연만 바라보게 디자인한 집은 다람쥐와 참새, 도마뱀도 인사를 한
다. 일상의 소음이 사라진 자리, 먼 곳을 바라보는 자리에서 사색이 자란
다. 생각을 정리하고 복잡한 마음을 비운다. 내가 너무나 좋아하는 하와
이 꽃 히비스커스가 풍성하다. 백 살이 되어 몸통은 굵지만, 분홍빛 꽃은
새침하니 예쁘다. 그 건너편 역시 백 살 된 레몬 나무도 튼실하고 풍성하
다. 이 레몬으로 스킨로션을 만들어 쓰고 있으니 고맙기도 하다.

퇴임하면 무슨 취미를 가질까 고민하다 손가락을 많이 사용하는 키보
드를 치면서(피아노 대신) 찬송도 부르면 정말 좋을 거라 생각했다. 한편
글쓰기도 아주 좋겠다 싶어 가든 수필문학회에서 글공부를 시작했다.

그게 2016년 3월이다. 천부적인 재능과 빛나는 영감, 뛰어난 언어 표현력, 이런 것은 없더라도 기본적인 감성과 표현력은 있어야 하는데 언감생심, 내 재주로는 어려운 일이란 생각이 들었다. 나는 세상이란 이름의 학교에서 긍정적으로 생각하는 습관 덕분에 봄, 여름, 가을, 겨울을 지내며 용케 살아남았다. 그날에 마음을 입혀 글을 쓰면 되겠지 생각했는데 그것 또한 무식한 발상이었다. 수필 교실에 첫발을 디딘 후 얼마 되지 않아서 굴곡 없는 삶을 산 내게는 그만큼의 깊은 생각이 파이지 않았음을 깨달았다.

그런 내게도 자연과 사람을 만나면서 생긴 이야기가 있었다. 어릴 때 할머니는 나를 업고 두레박으로 우물물을 길으셨다. 나는 우물에 뜬 달과 별을 꺼내 달라고 울면서 떼를 썼다. 다 자라 할머니 등에 업히지도, 달과 별을 길으라고 떼쓰지 않을 때도 할머니는 가끔 그때 말씀을 하셨다.

아버지는 어린 나를 데리고 남산 약수터를 다니셨다. 그때마다 아카시아꽃을 따고는 가위, 바위, 보를 해 진 사람이 꽃잎을 하나씩 따는 놀이를 하셨다. 마지막 꽃잎을 따 놀이에서 진 사람은 이긴 사람이 원하는 것을 들어줘야 했다. 그땐 의식하지 못했지만, 아버지는 항상 지고 나는 항상 이겼다. 물론 나는 늘 아버지 등에 업혀 산에서 내려왔다.

글을 배우면서 세월의 굽이굽이마다 얽히고설킨 작은 이야기를 수필로 써서 삶의 동행자인 남편과 아이들에게 주고 싶었다. 이왕이면 구수한 고향 냄새가 배어있는, 삼킬 때면 벌써 은은한 맛에 취해 고향으로 떠나게 되는, 누룽지 같은 수필. 꾸준히 쓰면 되리라 믿으며 꾸밈없이 썼다. 힘든 순간과 행복했던 날의 기억, 삶의 우물에 비친 그 모든 달과 별을 ㄱ과 ㄴ, ㅏ와 ㅓ로 길어 올리려 했다.

떠난 자리가 아름다워야 삶이 아름답다고 생각한다. 진실한 마음으로 깨끗한 삶을 순수한 언어로 남기고 싶다. 맑고 깊은 우물 속에서 별과 달을 긷듯 깊은 생각으로 내면을 응시하며 영혼의 진수를 길어 올리고 싶다. 내가 떠나도 글은 남을 것이다. 아들에서 손자까지.

해가 진다. 빛과 그림자가 만드는 일몰의 조화가 내 마음에도 비친다. 곧 저녁별이 뜰 것이다.

(2016. 12.)

암보다 강한 은혜

새해 아침, 화장실이 붉게 물들었다. 가슴이 수천 피트 낭떠러지로 떨어졌다. 남편을 불러 현장을 확인하고 우리는 입을 다물었다. 아이들에게 세배를 받고 덕담을 나누고 시댁과 친정을 다니며 인사를 끝냈다.

며칠 후 대장내시경 검진 예약을 했다. 마음은 바다 위에 떠 있는 배처럼 고요했다. 검사를 마치고 대장암 진단이 내려졌다. 의사의 말이 망치처럼 머리를 내리쳤다. 온몸이 물에 젖은 수건같이 무거웠다. 대기실로 나와 남편에게 결과를 말했다. 희로애락을 잘 표현하지 않는 남편의 눈시울이 빨갛게 물들었다.

앞만 보고 달리던 기차가 갑자기 차단대 앞에서 강제로 멈추어야 했다. 불가항력의 힘을 느꼈다. 절대 고독의 순간. 남편의 뒷모습은 많은 말을 했다. 아이들에게 사실을 알리고 수술할 날짜를 잡았다.

며칠 후, 친구들과 점심을 먹고 헤어지면서 "나, 대장암. 기도 부탁해요." 말하니 모두 놀랐다. 암을 대하는 나의 태도가 불손했던 것일까, 말하는 태도가 진지하지 않았던 것일까. 너무나 덤덤하고 태연해서일까? 친구들은 이상하게 쳐다보았다.

'혹시 내가 죽으면 가장 슬픈 사람은 10살이나 나이 많은 남편이겠지.'

수술 날짜가 가까워져 올수록 가슴이 아렸다. 어린 나이에 시집온 나를 하나하나 가르쳐 준 남편인데 그 고마움을 갚을 시간이 있을까.

생명보다 귀한 세 아이, 며느리 사위까지 모두 여섯에 손주도 여섯. 수술 전날 큰딸은 업랜드(Upland) 카이저 근처 호텔에 베이스캠프를 쳤다. 자녀들이 사는 어바인이나 풀러턴에서 오기가 너무 먼 길이라 이곳에 숙소를 정한 것이다.

자녀들과 헤어져 수술실로 들어갈 때, 남편은 아무 말 없이 손만 잡았다. 따뜻한 손에 수천 마디가 담겨 있었다. 수술실. 몽롱한 의식 속에 여러 얼굴이 어른거린다. 새삼 인간의 연약함을 느끼며 시간을 되돌아본다. 눈을 뜨니 자녀들에게 둘러싸인 회복실이다. 뿌연 안개가 가리운 듯 희미했다.

개복 수술을 한 터라 며칠간의 병원 생활을 마치고 퇴원했다. 유난히 높은 침대에 못 오를까 봐 막내 사위가 4층짜리 계단을 만들어 놓았다. 나는 결국 눈물을 쏟았다. 남편은 외식 한 번 사 오지 않고 까다로운 내 입맛에 맞추어 생선을 굽고 국을 끓였다. 지극 정성으로 쏟아준 사랑이 고마웠다. 6주간의 회복 기간을 잘 지냈다. 친구, 제자, 동료, 사돈, 선배들의 큰 사랑을 받았다. 하나님의 은혜와 여러분의 기도 속에 건강을 회복했다. 몇몇 지인들은 사역이 스트레스가 많은 일이니 건강을 생각해서 이제 그만 쉬어야 하지 않겠느냐며 염려하고 위로했다.

학대받는 여성들의 아픔을 함께 나누는 일이 힘든 일이긴 하다. 그래도 더 많은 감사와 보람이 있기에 내 영혼의 힘을 쏟아 그들을 섬기며 살고 싶다. 그리스도의 사랑이 나의 생명이듯 그들에게 전하는 복음이 내가 살아가는 존재 이유이기 때문이다.

폭력 피해 여성들은 단순히 육체만 상처를 받는 것이 아니다. 영혼까지 상처를 입는다. 인간의 존엄성을 잃어버린다. 나는 저들이 불쌍해서 울고, 아무것도 해줄 수가 없어서 울었다. 그럴수록 나는 영혼을 다해 섬기려 한다. 이 글을 쓰는 순간까지 15년의 사역은 결코 짧지 않은 시간이었다. 지나온 시간이 하나님의 은혜며 축복이었음을 고백한다. 이 사역을 통해 아픈 영혼들도 많이 만났지만, 사랑으로 섬겨주시는 귀한 분들도 많이 만났다.

내 삶에 찾아온 대장암을 통하여 죽음 앞에서는 그 어떤 것도 무의미하다는 것을 깨달았다. 사람들이 추구하는 세상적인 가치를 건너뛰어 보았다. 하나님 안에 있는 자의 생명력과 평안을 확실하게 체험했다. 이전보다 더 충만한 감사를 순간순간 느끼며 살아가고 있다.

내가 이 세상을 떠날 때 나를 사랑하고 믿어주고 격려해 주었던 많은 분과 나의 자녀들과 남편의 기억 속에 나는 어떤 사람으로 기억될까.

이 새벽에도 내 마음은 아픔을 덜어달라고 손짓하며 부르고 있는 그들 곁으로 달려가고 있다.

(2010. 4.)

손등 위의 점 하나

❦

내 왼손 등에는 작은 점 하나가 있다. 그냥 점이 아니라 내가 나임을 보여주는 중요한 점이다. 관심을 두지 않으면 보일락 말락 했는데 사람들 눈에 잘 띄지 않는다는 그 점 때문에 더 좋았다.

반세기를 버틴 손이 뭐 그리 예쁘고 대단히 고우랴마는 손 등 위의 작은 점이 난 참 예쁘다. 기분이 우울하거나 쑥스러운 일이 생길 때면 내 눈은 피난처럼 점을 찾는다. 점을 바라보면 어느새 긴장은 풀어지고 마음이 가라앉는다.

하찮아 보이는 점이 특별한 의미를 갖게 된 것은 아마 소녀 시절의 감성 때문일 것이다. 중학생 때, 가사 과목을 가르치셨던 선생님이 계셨다. 하얀 피부에 다소곳한 성품이 백합꽃 같은 분이셨다. 어느 날 수업 시간에 선생님이 분필로 칠판에 글을 쓰고 있었다. 문득 손등 위에 있는 까만 점이 눈에 띄었다. 글씨를 쓰느라 이쪽저쪽 왔다 갔다 하던 손목의 움직임을 따라 보일 듯 말 듯 눈앞에 아른거리던 그 점이 참 귀엽고 예뻐 보였다. 하얗고 고운 손 위의 까만 점. 어찌 그리 앙증스럽던지. 그 뒤로 가사 시간마다 선생님의 손등 위의 있는 점을 훔쳐봤다. '나도 점이 있다면 선생님처럼 예쁘게 될 수 있을 거야.' 이런 터무니없는 상상도 했다.

열세 살 소녀는 가사 선생님의 모든 것을 닮고 싶었다. 고상함과 귀태가 흐르는 아름다운 분위기까지. 선생님이 계시니 학교도 즐거웠고 소녀는 아름다운 추억을 만들어 갈 수 있었다.

하지만 이런 짝사랑도 선생님의 전근으로 종지부를 찍게 됐다. 세월은 흘렀고 선생님의 기억도 희미해졌다. 나는 결혼과 함께 미국으로 이주했고 엄마로, 교회와 지역 사회를 섬기는 사역자로 바쁘게 살았다. 앞만 보고 달리는 사이 기억의 저편으로 멀어졌던 선생님의 추억은 어느 날 문득 내 손을 만지다 손등에서 까만 점을 발견하는 순간 밀물처럼 밀려왔다. 내가 그렇게 좋아하며 닮고 싶었던 가사 선생님의 그 점이 내 손등에도 위치까지 비슷하게 있었다니! 나한테도 있다는 걸 모르고 부러워만 했던 그 시절의 별별 생각이 떠올랐다. 인생을 살다 보면 없던 점이 생길 수도 있다지만 뒤늦게 발견된 점은 신기했다. 앞으로 좋은 일이 생길 것 같은 예감에 마음이 부풀어 올랐다.

점이란 단어는 흔하지만 묘했다. 몽고점도 점이고 학생 때 그렇게 힘들게 따던 점수도 점이다. 따지고 보면 우리의 삶도 점과 점이 이어지는 그 사이 아니겠는가. 지난 세월 큰 관심을 보이지 않아 몰랐던 점이 손등 위의 점 하나는 아닐 것이다. 안목과 훈련이 부족해 제대로 인정하지 않았던 점이 많았을 것이라는 후회와 함께 귀하고 값진 것일수록 가까이 있다는 평범한 이치를 다시 깨닫는다.

내 손등의 까맣고 작은 점은 나의 별이다. 오늘도 가슴에 생기를 불어넣고 얼굴에 웃음을 남긴다.

(2016. 5.)

결벽증을 치료하신 분

❧

    사람은 누구나 한두 가지 허물이나 약점 또는 병이 있다. 하지만 알아도 고치기 어려운 것이 있다. 결심으로도 고쳐지지 않고 교육으로도 잘 고쳐지지 않는 이 허물을 옆에서 시종일관(始終一貫) 참아준 남편이 진심으로 고맙다.

    나는 결벽증 환자에 가까웠다. 어릴 땐 수건이 조금이라도 삐뚤게 걸렸다고 생각되면 학교에 가던 도중에도 집으로 돌아와서 똑바로 걸어놓아야 직성이 풀렸다. 이불도 귀가 딱 맞게 개어지지 않으면 안 되고 교복을 다리다가 구겨지면 물에 넣었다 다시 다리되 자국이 나타나면 안 되고 운동화와 교복은 매일 빨아야 했으니 집안일을 돕던 언니는 전전긍긍(戰戰兢兢) 많이도 힘들어했다.

    나는 방 안의 먼지를 손끝으로 닦아 확인했다. 남동생이 내 방에 들어올 때는 방문 밖에 세워 놓고 총채로 탁탁 털었다.

    신혼여행에서 돌아온 남편은 나의 이런 행동을 이해하기가 어려웠을 것이다. 미국으로 돌아간 남편이 보내온 편지를 보고 나의 결벽증을 비로소 깨달았다. 부끄러운 생각에 잠을 이룰 수 없었다. 과거는 지나갔지만, 기억이 떠오르는 순간마다 얼굴이 닳아 올랐다. '괜찮아. 어쩌겠어.

타고 난 병인 걸.' 스스로 용서도 해보았지만, 부끄러운 그 시간은 태엽처럼 되감기며 자꾸 찾아왔다. 단둘이 사는 신혼생활에는 큰 문제가 없었다. 그러나 첫애를 낳고부터 청소와 빨래, 우유병 소독은 전쟁이나 다름없었다. 잠도 제대로 못 자고 밥도 제대로 못 먹었다. 피로는 과로가 됐고 몸무게가 93파운드까지 빠졌다.

미국에 오신 친지 한 분이 달라진 내 모습을 보고 놀라서서 한국에 연락하는 바람에 친정어머니가 4개월 만에 급하게 미국에 오셨다. 엄마는 공항에서 나를 보시고 너무 말라 못 알아보겠다며 우셨다. 그날부터 엄마가 5개월 된 아기를 데리고 주무셨다. 내가 아기 목욕시키는 것을 본 엄마는 "그렇게 자주 씻기다가는 아이 죽이겠다."라며 걱정하셨다.

가스스토브는 반짝반짝 빛났다. 누가 화장실이라도 쓰면 곧바로 들어가 닦았다. 목욕탕은 윤이 나게 매일 닦고 소파도 먼지가 없다는 생각이 들 때까지 털었다. 남편이 살림과 아이 양육을 도와주었지만, 아기가 세 명이나 되니 일이 더 많아져 몸이 견딜 수가 없었다. 그래도 남편은 나의 결벽증을 참아주었다. 아이들을 다 키울 때까지 남편의 도움이 없었다면 난 살아남지 못했을 것이다.

신기한 일은 둘째아이를 낳고 교회를 나가면서 일어났다. 언제부터인지 기억나지는 않지만, 결벽증이 서서히 사라지기 시작했다. 신기했다. 도저히 고쳐질 것 같지 않던 결벽증이 달라지기 시작했다, 싱크대에 컵 하나라도 있으면 참지 못하던 내가 어느 날부터 컵 하나쯤은 지나쳤다. 수건이 좀 삐뚤게 걸려 있어도 마음이 그렇게 불편하지 않았다. 이 얼마나 감사한 일인가. 아무도 고칠 수 없는 이 병을 하나님께서 은혜로 고쳐주셨다. 하나님은 나의 치료자이시다. (2017. 9.)

정답은 시간에 있다

비가 내린다. 창밖을 응시하며 허스트 캐슬 샌 시미온 바닷가로 달려 가고 있다. 겨울을 가슴에 품고 봄을 맞이하러 간다. 나를 품어 안아줄 너그러운 바다가 보고 싶어졌다.

대학부에 있는 여학생 어머니께서 한국에서 전화를 걸어왔다. 딸아이의 결혼을 반대하니 말려달라고 했다. 전도사로서 학생들의 교제를 막지 않은 것은 내 잘못이라고 했다. 막무가내 같이 들렸다. 말은 '아 다르고 어 다르다.' 나를 마주해도 이렇게 말할 수 있을까 싶을 정도로 내 자존심에 깊은 상처를 냈다. 보이지 않는 사람에게라도 말은 체로 걸러서 하면 얼마나 좋을까.

길고 긴 전화 내용을 생각할수록 가슴이 아린다. 내가 저들의 앞날을 책임져야 한다는 듯 말했다. 대답할 말을 생각하기 위해 멀리까지 왔다. 생각할수록 답답한 가슴은 엄동설한이다. 말에 담긴 어감에서 그분이 어떤 사람인지 느껴졌다. 청년이 목사 지망생이라는 것과 집이 가난하다는 이유로 결혼을 반대하는 것이다. 그 후 두 번을 더 전화해서 두 사람을 갈라놓아 달라고 했다. 얼음처럼 차가운 목소리였다. 어떻게 얘기해도 통할 것 같지 않은 사람에게는 할 말이 생각나지 않았다.

무조건 달려왔다. 바다와 마주하고 섰다. 두 팔을 벌리고 바다를 바라본다. 내 안의 회오리바람을 끌어안는다. 파도에 얹혀 밀려 나온, 갈 길을 잃은 조개처럼 마음이 쓸쓸하다. 빗소리. 바람 소리. 바닷물 소리가 뒤섞여 어지럽다. 바다 물빛마저 쓸쓸하다.

그분의 원망 섞인 말이 가슴을 헤집는다. 독백도 해보고 내가 나에게 편지도 적어봤다. 속상함을 해결하고 싶은데 안 된다. 아무도 듣지 않는 이곳으로 와서 '임금님 귀는 당나귀 귀'라고 외친다.

조약돌을 주워들었다. 들여다본다. 파도 소리, 갈매기 소리, 떠내려가던 나뭇가지 소리를 조약돌은 수없이 들었을 텐데 그 소리를 어디에 숨겼을까. 허스트 캐슬 산 위에서부터 구르고 깎이고 구르고 깎여서 동그랗다. 모난 것이 깨지고 둥글어지기까지 얼마나 아팠을까. 빗소리 천둥소리는 또 어디에 숨겨져 있을까.

조약돌을 바다로 멀리 던진다. 또 던진다. 상처로 남아 있는 가슴속에 말을 바다에게 던진다. 수없이 조약돌을 던진다. 가슴이 뚫리는 것 같다. 남편이 저쪽에 조용히 앉아있는 것이 이제야 보인다. 내가 조약돌을 수십 개 던지는 동안 아무것도 묻지 않았다. 여섯 시간, 이 먼 길을 왜 가느냐고 할 법도 한데 남편은 한마디도 묻지 않았다. 눈물 나게 고맙다. 결혼 생활 내내 말수가 적어 답답했지만 이럴 땐 오히려 고맙다.

젊은 연인은 둘 다 미국에 온 유학생이다. 미래를 꿈꾸는 청년들이다. 사랑하는 사람들을 떼 놓을 장사가 어디에 있단 말인가! 그들은 로미오와 줄리엣 아닌가. 상처 없이 사랑할 수 있는 고수는 세상 어디에도 없다고 말해주고 싶다.

석양이 내린다. 어스름한 바닷가에서 조약돌을 주워 주머니에 넣는다. 조약돌을 만질 때마다, 볼 때마다 기억하자. 기다리면 정답을 보는 날이 오겠지.

모르는 사이 무거웠던 마음에 깃털이 달린 것 같다. "버려야 할 것이 무엇인지를 아는 순간부터 나무는 가장 아름답게 불탄다."는 도종환 시인의 시 한 구절이 생각난다.

(2016. 11.)

말의 무서움

생각에 잠기고 싶을 때는 카본 캐니언 공원(Carbon Canyon Regional Park)의 세코이야(Redwood) 숲을 찾는다. 세코이야 숲은 남가주에서는 이곳에만 있다. 평화롭고 조용한 공원. 호수 위를 떠도는 오리들을 바라보고 있노라면 마음에 평온이 찾아온다.

하이킹 코스에는 벼락을 맞은 나무가 검게 탄 뒤에도 하늘을 향해 꼿꼿이 서 있다. 불에 탔지만 몇 달 전 그 모습으로 부러지지 않고 서 있는 것을 보면 마음이 숙연해진다. 아프고 힘들어도 묵묵히 제 자리를 지키고 서 있는 모습이 우리의 삶과 흡사하다. 복잡한 생활을 벗어나 숲을 걷다 보면 미처 발견하지 못했던 내 마음이 보인다. 마음의 깊은 안쪽을 들여다보며 올해가 가기 전에 정리해야 할 일들을 생각한다.

몇 달 전, 남편과 나는 친구 내외와 점심식사를 함께 했다. 내가 자리에 어울리지 않는 말을 꺼내 친구의 마음을 크게 상하게 했다. 그런 말은 친구 남편이 있는 자리에서 해서는 안 된다고 생각하지 못했다. 친구만 알고 있는 얘기였기에 상처가 될 것이란 생각을 미처 하지 못했다. 우리의 인연은 여기까지인가 할 정도로 친구는 한동안 소식을 끊었다. 인간관계가 틈이 생기는 원인은 말에 있고 말이 주는 상처처럼 오래가는 것도 없음을 아는데도 이런 난감한 일이 생겼다.

친구와 나는 기도와 격려, 베풂과 사랑으로 허물없이 지냈다. 서로 귀하게 여기는 사이였다. 그런데 내가 상처를 주었다니! 마음이 아파 숨을 쉴 수가 없었다. 때에 따라 할 말과 못 할 말이 있다는 것을 잘 알고 살아왔는데 이런 일이 생길 줄은 몰랐다. 친구를 사랑하던 내 마음은 무너져 내렸다. 말을 참는 것이 지혜요, 순간의 인내가 얼마나 필요한지 뼈저리게 느꼈다.

숲으로 가는 길은 구불구불 운치가 있었다. 새벽에 내린 비로 초목은 촉촉했다. 나뭇가지에 매달린 물방울은 수정처럼 예뻤다. 안개가 낀 것처럼 뿌연 내 마음을 비로 씻으면 이처럼 맑아질까? 숲속 가득한 맑은 공기가 몸 안으로 스며든다. 마음마저 정화되는 느낌이다. 과연 여기가 무릉도원(武陵桃源)인가 싶다. 고요한 세코이야 숲이 안식과 평화를 준다.

인생을 살아가면서 늘 햇빛만 보며 살 수는 없다. 어느 날은 먹구름이 끼기도 하고 때로는 비도 오고 눈도 온다. 그러나 구름이 끼어야 소나기가 내리듯, 비가 와야 무지개를 볼 수 있듯, 이런 상황에 어떻게 대처하느냐에 따라 더 깊은 인간관계로 발전할 기회가 될 수도 있겠지.

새 중에 가장 우아한 새는 학으로 불리는 두루미다. 동양에서 가장 상서로운 새로 여겨 고고(孤高)와 장수(長壽), 어짊, 지조(志操), 초연(超然)함의 상징으로 여겨왔다. 터키 남쪽, 타우러스 산맥에는 두루미들이 많이 살고 있다고 한다. 두루미의 울음소리는 유난히 크고 시끄럽다고 한다. 하늘을 날아다닐 때는 더 큰 소리로 울다가 독수리에게 잡아먹힌다. 그렇기에 경험 많고 지혜로운 두루미는 날기 전에 입 안 가득 돌을 물어 스스로 재갈을 물린다고 한다. 두루미만의 이야기가 아니다.

(2018. 12.)

눈부신 선물, 빛나는 손자

5월은 첫손자 죠슈아가 태어난 달이다. 죠슈아가 고등학교를 졸업하고 가을이면 대학으로 떠난다. 부모에게서 독립하고 맛있는 음식을 해주던 할머니, 학교 잔심부름을 해주던 할아버지 곁도 떠난다.

20년 전 맏딸은 건강하고 성실한 청년을 만나 결혼하고 2년 만에 손자를 안겨주었다. 손자 죠슈아가 태어나던 날이 아직도 눈에 선하다. 어느 봄날, 큰딸은 산통을 느끼며 출산실로 들어갔다. 며느리를 지켜보던 사돈 어른들도 애처로워 안절부절못하셨다. 진통은 극심했고 딸은 엄마가 됐다. 첫아들을 받은 사위는 아기를 품에 안고 아내의 손을 잡은 채 감격에 차 울고 있었다. 나는 손자를 안는 순간, 온 우주가 온통 불덩이가 되어 나의 가슴에 밀려들어 오는 듯했다. 이렇듯 귀한 선물을 거저 받다니. 나의 분신이 태어나는 것은 신비였다.

손자를 데리고 온다는 전화를 받을 때면 남편은 손자 안아 볼 생각에 얼굴에서 빛이 났다. 손을 씻고 깨끗한 셔츠로 갈아입었다. 아기가 집 안으로 들어서면 쏟아지는 웃음이 한 광주리는 됐다. 언제라도 아기가 온다는 연락만 오면 즉시 모든 일을 멈추고 선보러 가는 마음으로 준비한다. 손자는 가문의 왕자였고 우리는 즐거운 하인이었다. 고물고물한 발가락. 오뚝한 코. 초롱초롱한 눈. 깨물고 싶은 입술. 신비롭게 오므린 입. 눈을 맞추고 배냇웃음이라도 지으면 우리는 멍하니 넋이 나간다. 손자가 유치원에 가는 것도 신비였고 학사모를 쓰고 유치원을 졸업하는 것도 신비였다.

여섯 손주와 피터스 캐니언(Peters Cayon)으로 하이킹 가던 날, 죠슈아는 무거운 물병을 같이 들어주었다. 예절이 바르고 시냇물처럼 맑은 아이다. 날씨가 너무 더워 산꼭대기에서 지쳐 쓰러질 것 같은 내게 죠슈아는 베개 삼으라고 기꺼이 무릎을 내주었다. 누워 한참을 쉬고 나서야 기운을 되찾아 산에서 내려왔다. 죠슈아는 늘 먼저 다가왔고 상대를 편안하게 해 줬다. 그래서 늘 고마웠다.

손주들은 눈부신 선물이요 눈을 감아도 보이는 사랑이다. 마음 설레는 미지의 여행지요 영원한 사랑이다.

이제 손자가 세상으로 나간다. 지혜로운 청년이 되기를, 하나님의 마음에 합한 자가 되길 기도한다.

여호와는 네게 복을 주시고 너를 지키시기를 원하며 여호와는 그 얼굴로 네게 비취사 은혜 베푸시기를 원하며 여호와는 그 얼굴을 네게로 향하여 드사 평강 주시기를 원하노라. (민수기 6:24-26)

(2018. 5.)

꽃보다 고운 나의 손녀

꽃

막내딸 집에 들어섰다. 출장 간 막내딸 내외 대신 15살 손자와 강아지 두 마리를 돌봐주러 온 참이었다. 온 김에 넓은 시야가 펼쳐진 뒤뜰에서 책도 몇 권 읽고 간다면 금상첨화(錦上添花)가 되리라.

손녀 메겐이 쓰던 방을 들여다봤다. 집 뒷마당을 웃음으로 채우던 메겐은 9월에 대학으로 떠났다. 벗어놓은 운동화와 재킷이 세월에 남겨진 추억 같다. 추억은 바람에 날리듯 스산하고 보고 싶은 마음이 눈물로 맺힌다. 오늘은 메겐 방에서 눈에 넣어도 아프지 않은 손녀를 가슴에 안고 그리움을 베개 삼아 하룻밤 자야겠다.

손자 다섯에 손녀는 하나뿐인 집안에 메겐 은 나와 잘 통하는 아주 따뜻하고 편한 아이다. 메시지를 보내면 바로 하트를 날리며 사랑한다고 말하는 손녀딸, 분만실에서 진통하는 딸의 손을 붙들고 경이로움으로 만난 지 17년이 지났는데도 어제 일처럼 생생하다. 안아주고 업어주던 추억이 밀려온다.

손녀는 집을 떠나가기 전 샌클리멘티(San Clemente) 바닷가로 나랑 추억 쌓기 여행을 떠나 하루를 보냈다. 피어(Pier)에서 사진도 찍고 산책도 했다. 아울렛(Outlet)에선 피자도 먹고 마음에 들어 하는 빨간색 운동

화도 사주고 눈을 맞추고 깊은 대화도 나누었다. 메겐은 꽃보다 고운 아이다. 작은 꽃을 보면 늘 손녀의 원피스에 단추로 달아주고 싶었다. 다음 방학 때 집으로 돌아오면 꼬리 국을 끓이고 좋아하는 김치전도 지져주겠다고 말하니 반짝이는 눈빛으로 좋아한다. 메겐도 할머니가 좋아하는 마시멜로를 뒷마당에서 같이 구워 먹자면서 내 손을 잡고 배시시 웃는다.

메겐은 세 살 때 남동생을 보았다. 엄마가 아기를 안고 젖을 주면 메겐도 인형을 안고 젖을 주었다. 4학년 때쯤일까, 돈을 벌어 할머니가 봉사하는 여성보호소 아이들에게 재미있는 동화책을 사주고 싶다고 했다. 6학년 되던 여름, 손자 메튜가 바깥에서 친구와 자전거를 타고 놀다 넘어져 친구의 앞니 세 개가 빠지고 말았다. 피가 많이 나왔다. 메겐이 수건으로 지혈을 시켰다. 놀란 손자는 친구의 두려움을 위로하려 했지만, 소용이 없었다. 메겐은 메튜를 데리고 조용한 곳으로 가서 "아무 말 하지 말고 어깨만 쓰다듬어줘. 지금은 아무 말도 안 들려." 메튜의 눈을 맞추며 조용히 말해주었다. 메겐이 우는 아이에게 담요를 덮어주며 위로했다. "엄마에게 야단맞을까 봐 겁나서 그렇지? 엄마 오시면 야단맞지 않도록 잘 설명해 줄게."

손녀 메겐을 보면 사람을 돌볼 수 있는 세심한 심장과 남을 배려하는 마음, 따뜻한 손이 너무나 아름답다. 대학을 졸업하면 어디서 어떤 사람으로 무슨 일을 하며 살아갈지 모르지만, 하나님이 주신 달란트 따라 보람된 일을 하며 행복하게 살아가는 사람이 되리라 믿는다. 학우들과 어울려 여러 가지 체험을 통해 인간관계의 균형도 잘 배우고 수업 후 도서관에 들러 인문 고전을 꼭 읽으라고 한 잔소리도 기억해주길 바란다. 책을 통해 훌륭한 사람들과의 교감을 많이 쌓았으면 좋겠다.

영원한 보금자리 집으로 돌아오는 날 마당에 가득할 웃음소리가 들리는 듯하다. 메겐 이 어떤 이야기를 들려줄지 마냥 기다려진다.

손녀를 향한 그리움은 길가에 핀 들꽃처럼 애잔하지만 기다리는 마음은 가을 하늘 뭉게구름처럼 부풀어 오른다.

(2019. 11.)

자녀들에게

〜✽〜

　애들아! 나에게 자식으로 와 준 것이 정말 고맙구나. 너희들과 부모 자식의 인연을 맺은 것이 내 일생에서 가장 엄청나게 감사하고 보람된 일이었다. 그간 부모님과 형제를 살피며 아끼고 사랑하고 섬기는 모습이 너무나 아름답고 든든하구나. 내가 너희를 얼마나 사랑하는지 하나님이 나의 증인이시다.

　자녀교육 세미나를 강연할 때 사람들은 내가 너희들에게 아주 잘해주었을 거로 생각한다. 그런 말을 들을 때 뒤돌아보면 잘한 것이 없어 나는 얼굴이 붉어지려 한다. 너희들이 어릴 적에는 신학대학원을 다니면서 공부하느라, 어린이 주일학교 전도사로 일하면서 교회 사무와 심방으로 바빴고, 너희들이 대학생이 되었을 때는 대학부 전도사로 주일설교 준비하느라 시간이 부족하다는 이유로 같이 있어도 놀아주질 못했다. 너희들이 성장한 후에는 여성 쉘터 사역을 하느라 24시간 바빴었지. 다행하고 감사한 것은 아빠가 밖으로 다니지 않고 늘 너희들 곁에 계셨던 일이다. 잘 자라주어 믿음직한 성인이 되고 아름다운 가정을 꾸미고 살아가는 것 진심으로 축복한다. 자신의 삶에 책임을 지고 훌륭하게 살아가니 더 바랄 것이 없다.

자식이 올바르게 자랐다는 것은 부모가 인생을 제대로 살았다는 증거라고 하지만 나로서는 내가 살아온 길이 올바른 인생이었다고 자신 있게 말할 수가 없구나. 생각할수록 부끄러울 뿐이다. 늘 시간에 쫓기었고 일이 많았다. 시간이 지나고 보니 내가 너희들을 위해 한 일은 새벽마다 교회로 달려가 하나님께 기도한 일뿐이다. 너희들에게 미안한 마음이 항상 가슴에 남아 있다. 유명 브랜드 신발이나 옷을 사준 적이 없다. 결코 없었지. 그래도 "엄마는 우리에게 기도해 주잖아. 그게 제일 큰 베네핏(benefit)이야" 하던 큰딸의 목소리가 아직도 귓가에 쟁쟁하다. 고맙다. 이보다 더 크게 나를 용서해준다는 뜻을 담고 있는 말이 없을 것이다. 부모로서, 너희들에게 남겨줄 만한 재산은 없지만, 인생의 선배로서 몇 가지를 선물하고 싶구나. 이것이 내가 너희들에게 주는 유일한 유산이다.

아들과 사위님들, Alex and Frank, Nathan

내 아들과 사위가 되어줘서 고맙네. 자네들이 인생을 살아가면서 허물없는 친구 한 사람은 꼭 가지길 바란다네. 편안한 친구, 위로가 되는 친구가 있길 바라네. 힘들 때 어깨를 기대고 울 수 있는 그런 친구, 어려울 때 달려와 같이 울어줄 수 있는 벗 말일세. 그 사람의 인품이 조용하고 은근하면 더욱더 좋겠지. 먼 길도 말없이 같이 걸어가 줄 수 있는 벗 말일세. 한두 사람과는 끊어지지 않고 아름답고 향기로운 인연으로 죽기까지 지속하길 바란다네. 그리고 아내를 최고의 선물로 여기고 사랑하게. 아내는 자기 자신의 분신이라고 우리를 지으신 이가 말씀하셨네.

딸과 며느리에게, Patty, Christine and Amie

아름답고 사랑스러운 너희들이 정말 고맙구나. 특별히 며늘 아가야. 조용하고 현숙하며 아름다운 네가 우리 집안의 식구가 되어줘서 정말 기쁘단다. 어미들은 자녀들을 위해 쉬지 말고 기도하며 여성의 정숙함과 아름다움을 잊어버리지 말거라. 남편을 세워주고 기댈 수 있게 해주어라. 집안을 잘 돌본다는 것은 부지런함과 더불어 절약하는 검소한 생활 태도란다. 이 두 가지를 잘 지키며 살아가길 바란다. 남에게 베푸는 것은 앞날에 좋은 터를 닦는 길이니 가난한 자와 불행한 이웃을 지나치지 말고 돌보길 바란다. 가족 간의 우애를 아름답게 지키는 것은 여자의 몫이란다. 나는 너희들이 중학교에 입학하는 날부터 너희들의 배우자를 위해 기도했다. 자녀의 배우자를 위해 열심히 기도하여라. 부디 현모양처의 길을 걸어가거라.

Megan and Joshua, Jacob, Matthew, Mason, Evan

사랑스러운 나의 손주들아!

할미가 꼭 해주고 싶은 말은 아무리 바빠도 성경책과 인문 고전을 많이 읽기 바란단다. 책을 읽을 때는 감동적인 문장은 반드시 필사하도록 해라. 수준 높은 책을 필사하다 보면 감동을 줄 수 있는 가슴도 가능해진단다. 좋은 글은 외우는 것이 가장 좋은 길이다. 책은 읽지 않고 변화만 기대하면 안 된다. 인간 멘토를 만나야겠다는 생각보다 책 멘토를 더 많이 만나 거라. 그리고 땀 흘리며 손으로 수고하여라. 어느 곳에서든 성실하게 공부하여라. 앞날에 좋은 배우자를 만날 수 있도록 너희가 먼저 좋은 사람이 되어라. 하나님을 최우선으로 섬기고 예수님을 더욱 사랑하여라. 성령을 간절히 사모하여라. 하나님께서 너희들을 불과 같은 눈동자로 지키시며 한없는 은혜를 날마다 내려주시기를 기도한단다.

너희 빛이 사람 앞에 비치게 하여 그들로 너희 착한 행실을 보고 하늘에 계신 너희 아버지께 영광을 돌리게 하라. (마 5:16)

(2020. 1.)

찬란한 선물, 손녀

옆집 젊은 부부가 첫아기를 안고 인사를 왔다. 산모의 얼굴에 미소가 가득하다.

막내딸이 산통을 겪던 날이 떠오른다. 분만실에서 안절부절못하며 딸을 붙들고 출산을 돕던 때가 엊그제 같은데 벌써 17년이란 세월이 흘렀다. 모든 엄마처럼 딸도 폭포수같이 밀려오는 엄청난 진통을 겪고 손녀를 출산했다. 엄마로서의 숭고한 길을 시작한 딸이 대견하다.

딸이 아기를 데리고 온다는 전화가 왔다. 며칠 전에 봤는데도 손녀 보고픈 마음은 논에 비 오기를 기다리는 농부와 같다. 남편은 손도 씻고 머리도 빗고 대문 앞까지 마중을 나간다. 집안으로 들어서는 아기를 보면 미소가 절로 나온다. 아기를 품에 받아 안고 얼굴을 마주한다. 깊게 아기의 숨을 들이마신다. 아, 이 숨결. 코를 들이대고 또 숨을 들이마신다. 무엇이 이보다 더 향기로울 수 있단 말인가. 조그마한 꽉 쥔 손바닥을 펴본다. 손금이 거미줄 같다. 깨물고 싶다. 예술작품 같다. 지고지순한 세상이 그 속에 있는 듯하다. 고물고물한 발가락, 별같이 영롱한 눈, 복주머니 같이 오므린 입. 옹알이하는 목소리는 나만 들을 수 있는 달콤한 오케스트라다. 배냇웃음은 나만의 미술관, 나만의 텔레비전이다. 신기하다. 우주가 그 속에 다 들어있다. 이 작은 생명체로부터 받는 행복이 엄청나다.

아기는 집에 들어서는 순간부터 돌아갈 때까지 우리 부부의 혼을 쏙 빼놓는다. 가뭄에 단비 오듯 잠시 왔다 가니 보고픈 마음은 눈곱만큼 풀릴까 말까다. 돌아가는 뒷모습을 보는 순간 벌써 그립다. 손녀딸은 마음을 온통 뺏어 가는 도둑 천사다.

세월이 흐르면 귀엽고 사랑스러운 아기가 소녀가 되고 어여쁜 숙녀가 되겠지. 어느 날 사랑하는 청년을 데리고 와서 어미 품을 떠나가겠지. 내가 낳았듯, 딸이 낳았듯, 손녀도 그렇게 묵묵히 몸을 터트려 새싹을 내어주겠지.

손녀가 시집가는 날, 축복이 가득한 정원에서 자녀들에 둘러싸여 은발을 날리며 가을을 맞이하고 싶다. 손녀가 하나님께 칭찬받고 사랑받는 지혜로운 소녀로 건강하게 자라며 하나님의 은혜가 그 위에 항상 머무르기를 간절히 기도한다.

고운 것도 거짓되고 아름다운 것도 헛되나 오직 여호와를 경외하는 여자는 칭찬을 받을 것이라 (잠언 31 : 31)

(2017. 5.)

chapter 3

광주리에
담겨진
추억

조희도 작가의 유작
〈집으로 가는 길〉

엄마!

어릴 때 기억에 남은 엄마의 모습은 정갈한 밥상, 고운 얼굴, 단정한 맵시다. 새벽에 제일 먼저 일어나 하얀 적삼에 흰 속치마 차림으로 거울 앞에 앉아 머리를 손질하고 얼굴에 분을 바르셨다. 참 예쁘고 정말 고우셨다.

열여섯에 시집와 2년 터울로 오빠 둘을 낳고 스물한 살에 나를 낳으셨다. 아빠는 시청 호적계에서 일하시다 내가 초등학교 1학년이 되던 해부터 엄마와 함께 일본을 오가며 사업을 하셨다. 일본에서 사다 주시던 초콜릿과 사탕은 입술을 녹일 듯 맛있었고 구두와 스웨터는 너무 예쁘고 따뜻했다.

친할머니는 친척들이 오시면 엄마의 음식 솜씨가 뛰어나다고 칭찬하셨다. 하얀 얼굴의 아버지는 고기반찬을 싫어하셨다. 정갈한 밥상 위의 호박오가리 된장찌개를 좋아하셨다. 아버지는 좋아하는 음식을 잡수시면 눈빛으로 잘 먹었다며 마음을 나누셨다. 엄마는 상차림에도 흐트러짐 하나 없었다. 잘 닦인 아버지의 은수저는 은은한 빛이 감돌았고 겨울엔 은수저를 더운물에 담가 따뜻하게 하여 상에 올리니 집안에서 현모양처라는 칭찬이 자자했다.

어느 겨울날 월동 준비로 장작을 트럭으로 실어 왔다. 다섯 살 되던 해 겨울이었다. 트럭 운전사 아저씨가 장작을 내려놓고 엄마에게 조용히 뭐라고 얘기한 후 떠났다. 잠시 생각하던 엄마는 나를 데리고 골목을 돌아 어느 집으로 갔다. 그 집 댓돌 위에는 아버지의 구두와 하얀 고무신이 나란히 놓여있었다. 마당에는 물이 가득 담긴 물 대야가 있었다. 어머니는 방문을 열어젖히고 대야를 번쩍 들어 점심을 먹고 있던 두 사람에게 물을 쏟아부었다. 순식간에 벌어진 사건이었다. 엄마는 내 손을 꼭 붙들고 집으로 돌아왔다. 그렇게 무서운 괴력과 엄청난 분노의 얼굴을 처음 보았다.

엄마는 밤늦게까지 잠들지 않고 하얀 적삼에 흰 속치마 차림으로 앉아 아버지를 기다리셨다. 늦은 밤 대문을 흔드는 소리에 일하는 아이가 문을 열었다. 엄마는 삼단 장롱을 열고 그 속에 든 돈을 모두 꺼내 속치마 가득히 담고 마당으로 나갔다. 대문으로 들어서는 아버지 앞에서 속치마에 담은 돈을 마당에 쏟아붓고 성냥으로 불을 질렀다. "돈이 있어 가정이 깨진다면 돈은 없는 것이 차라리 낫지요." 돈을 불태우며 비장(悲壯)하게 말씀하시던 엄마의 분노와 거침없는 말에 그 후로 아버지의 외도는 종지부를 찍었다.

나를 시집보내면서 엄마는 당부하셨다. "부부는 아무리 싸워도 각방을 쓰면 안 된다." "남편 말에 순종해라." 나는 어머니의 당부를 마음을 다해 지켜 왔다.

이제 구순이 훨씬 넘으신 엄마에게서 그 씩씩하고 자신감이 넘쳤던 모습은 사라졌다. 미국에 이민 오셔서 팔순까지 운전하셨고 얼마 전까지도 갈비 몇 대를 너끈히 잡수셨던 식성도 예전 같지 않다. 이제는 직접 반찬을 만들고 외출을 좋아하시던 때로 돌아갈 수 없어 안쓰럽고 슬프다.

내가 소장하고 있는 유화 중에 고인이 되신 조희도 화백의 "집으로 돌아가는 길"이 있다. 아낙들이 아기를 업고, 걸리고 머리 위에 광주리와 대바구니를 이고 들판을 걸어가는 그림이다. 아낙들은 들판을 가로질러 걸어가며 삶의 고달픔을 생각했을까 아니면 허기진 품꾼들을 먹일 새참 생각에 그저 발걸음을 재촉했을까.

엄마는 이제 힘겨운 노구(老軀)로 귀로를 걷고 있다. 남편과 자식, 식솔들을 그렇게도 헌신적으로 돌봐주셨던 엄마의 귀로, 마음이 애잔하다. 깊은 강이 흐르듯 그렇게 살아간 엄마라는 커다란 운명은 뒷모습에 많은 그리움이 묻어난다.

(2019. 12.)

큰 스승, 시어머니

결혼 전에는 부엌에 들어가 본 적이 없었다. 눈치가 없던 나는 예쁘게 차려입고 시집와서 3일간 식탁에 앉아 남편이 해주는 밥을 먹은 후에야 뭔가 조금 이상하다고 느꼈다. 남편에게 "저. 밥하는 거 좀 가르쳐 주세요" 하니 "아 밥 하는 거 쉽습니다. 쌀을 씻고 물이 손등 여기쯤 오면 밥솥 스위치를 누르면 됩니다." 밥은 그렇게 배웠다.

반찬이 문제였다. 어머님께 전화를 드렸다. "어머님, 저는 아무것도 할 줄 몰라요. 반찬 만드는 것 좀 가르쳐 주세요." "그럼! 책가방 던지고 바로 시집왔는데 뭘 할 줄 알겠니. 가르쳐주고말고." 인자하신 어머님은 내게 파 써는 법부터 하나씩, 꼼꼼하게 가르쳐 주셨다.

음식에 관해서는 대백과사전보다 더 많이 알고 계신 어머니의 머리가 천재로 느껴졌다. 그때부터 음식 배우는 일에 재미가 붙어 어머니 댁으로 가는 것이 즐거웠다.

식구가 유독 많은 집안이었다. 시부모님과 20대 시동생 둘과 시누이, 유학 온 조카와 큰 형님댁 네 식구, 큰 시누님 두 가족이 모두 기가 막히게 식성이 좋았다. 김치는 보통 박스로 담았다. 배추김치, 총각김치, 깍두기, 파김치. 만두와 빈대떡은 수시로 만드셨다. 음식을 잘 배운다고 늘 칭찬해 주셔서 힘든 줄도 몰랐고 어머니를 바라보기만 해도 좋았다.

음식 만드는 법을 하나씩 배워가는 일은 재미있고 신기했다. 나물 다듬는 법, 데치는 법. 마른 나물 삶는 법, 양념 넣고 무치는 법까지.

떡 만드는 법도 가르쳐주셨다. 백설기, 인절미, 고사떡, 송편까지. 추석 명절에 송편 빚는 것을 배웠는데, 송편을 예쁘게 빚으니 예쁜 아기 낳겠다는 시어머니의 칭찬이 어린 나를 기쁘게 해 주셨다.

1970년 7월 미국에 왔을 때는 방앗간도, 한국마켓도 하나밖에 없었다. 한국 시장에서 마른 멥쌀가루를 사다가 뜨거운 물을 붓고 익반죽을 하여 식혔다가 체에 내린 후 시루에 쌀가루 한 켜 깔고 삶은 팥 한 켜 까는 것을 여러 번 되풀이하여 찐다. 고사떡도 마른 찹쌀가루를 사다가 똑같은 방식으로 했다. 지금은 방앗간도 많아서 젖은 쌀가루 구하기가 쉽지만, 그때는 떡 만드는 일이 쉽지 않았다. 수정과와 식혜 같은 맛난 음료를 만드는 것도 가르쳐 주셨다. 어머니는 아무것도 모르는 천방지축(天方地軸)인 나를 한 번도 눈치 주지 않으셨다.

열심히 배웠다. 어머니께서 어여삐 보셨는지 1965년 이민 올 때 딱 두 개 가져온 보물처럼 아끼던 시루 중 하나를 나에게 하사(下賜)하셨다. 나도 무척 아끼고 귀히 쓰던 시루였는데 자녀들이 결혼한 후에 더는 쓸 일이 없을 것 같아 생각 없이 남에게 주었다.

아쉬운 생각이 든다. 어머니의 유품(遺品)으로 간직하고 있었으면 아주 좋았을 것을, 생각 없이 시루를 무단처분한 것을 많이 후회하고 있다. 떡을 찔 때 깔고 덮었던 베 보자기는 어머님의 냄새가 고스란히 스며들어 있었을 텐데. 많이 그립다.

(2017. 6.)

고마우신 시어머님

내가 입덧을 시작해 물도 못 마셨을 때 시어머님은 무척이나 애처로워하셨다. 어머니는 통 먹지 못하는 며느리를 불쌍히 여겨 이것저것 해주셨다.

어느 날은 갑자기 해삼의 내장을 젓갈로 만든 고노와다가 먹고 싶었다. 남편은 이틀이나 리틀 도쿄를 헤맸지만 구하지 못했다. 결국 남편은 일본 사람에게 만드는 법을 배운 뒤 해삼을 사 직접 배를 가르고 내장을 꺼내 젓갈을 담갔다. 그런데 소금을 적게 넣어 실패하고 말았다. 젓갈은 버렸지만, 그 정성은 정말 고마웠다.

어느 날은 갑자기 단감이 먹고 싶었다. 11월에나 나올 단감을 3월에 찾으니 구할 길이 없었다. 11월까지 기다려야 한다고 하니 속상하고 눈물이 났다. 사정을 들으신 시어머님은 입덧이 심한 나를 위로하시려 옛날 당신의 이야기를 들려주셨다.

시어머님은 열여섯 되던 해 경기도 이천에 사는 열세 살 꼬마 신랑에게 시집을 오셨단다. 다음 해 첫아기를 임신하고 입덧하실 때였다. 생선 한 토막이 간절히 먹고 싶었는데 시어른께서 장날에 염장 갈치를 사 오셨다. 긴 새끼줄에 갈치를 묶어 흔들흔들 들고 오시는 모습이 정말 고마우셨다. 석쇠 위에 생선 굽는 냄새가 좋아 군침을 삼키며 이때나 저때나 주려나 애타게 기다렸다. 그런데 어른들의 식사가 끝날 때까지 아무도 어머님께 살 한 점 건네주지 않아 상 위에 남겨진 빈 갈치 접시를 보고는 눈물이 쏟아졌다. 어머님은 생선 굽던 석쇠를 들고 뒷간으로 가 울면서 석쇠를 빨아 잡수셨다고 했다.

그때는 모두가 가난하고 먹을 것이 부족한 시절이었다. 어머님은 모진 시집살이를 하셨어도 그 아픔과 설움을 며느리에게 대물림하지 않으셨다. 오히려 더 맛난 것을 챙겨주시고 이런저런 허물도 덮어주셨다. 그 사랑 때문에 나는 낯선 미국 생활이 외롭지 않았다.

어머님은 책과 신문을 읽어드리면 정말 좋아하셨다. 목욕할 때 등을 밀어드리고 손톱과 발톱을 깎아 드리면 그윽한 눈빛으로 바라보시며 따뜻한 목소리로 "고맙다" 하셨다. 어머님은 학교 문턱에도 못 가셨지만 총명하고 지혜로우셨다. 일곱 자식의 전화번호를 상형문자와 기호로 그려서 기억하셨다. 어머님이 생각날 때마다 목이 멘다.

어머님께서 떠나신 지 25년이 지났다. 되돌릴 수 없는 것이 시간이지만, 어머님을 다시 뵐 수 있다면 얼마나 좋을까. 더 잘해드리지 못했던 지난날들이 안타깝기만 하다. 어머님은 돌아가시기 전에 췌장염 수술을 받으시고 한동안 우리 집에 머무셨다. 이때 나의 신앙 나눔을 들으시고 함께 믿음의 생활을 하셨으니 감사하지 않을 수 없다.

나에겐 두 어머니가 계시니 한 분은 친어머니(친정어머니)이고 한 분은 친한 어머니(시어머님)다.

(2016. 10.)

아버지 냄새

아버지 묘지는 글렌데일 포레스트 론(Glendale Forest Lawn) 코트 오
브 프리덤(Court Of Freedom) 정원에 있다. 열쇠로 문을 열고 들어서면
오른쪽으로 줄지어 늘어선 나무 사이로 후추 향이 난다. 나는 이 냄새를
아버지 향기처럼 생각한다.

때 묻지 않은 자연에 안겨 있는 아버지의 묘지는 고요함으로 덮여있
다. 푸른 숲 안, 눈을 감으시던 그 날의 아버지 눈가처럼 잔디가 촉촉하
다. 비석을 닦다 보면 마음이 밤바다에 떠 있는 섬같이 외롭다. 안개가
짙다. 마음속 깊은 곳에 두레박을 내리면 안개가 가린 풍경이 기억을
흐릿하게 한다. 안개 속에서 보이지 않던 것들도 안개가 걷히면 모두
제 자리를 지키고 있다.

불어오는 바람 속에 아버지의 냄새가 나고 목소리가 들리는 듯하다.
나는 아직도 아버지를 사랑하고 있는데. 법 없어도 살 수 있는 분이셨던
아버지는 조용하고 품격이 있으셨다.

아버지는 대학에 막 입학한 지방에서 온 학생들을 집안에 가정교사로
들여 일 년씩 데리고 살았다. 먹고 재우고 학비와 교복, 용돈까지 챙겨주
시며 서울에서 어느 정도 자리가 잡힐 때까지 도와주었다. 그 학생들이

졸업하고 취직하면 일 년에 두 번 명절에 조그마한 선물을 들고 인사를 오곤 했다. 아버지는 없는 이들을 불쌍히 여기셨다. 품격을 지키시고 눈을 감으시던 모습은 눈시울을 붉어지게 한다.

젊은 날, 하얀 얼굴에 하얀 셔츠와 흰 바지를 즐겨 입으시던 아버지. 품에 안겨 고개를 들고 올려다보면 미소 띤 얼굴로 눈을 맞추시던 아버지. 자연을 사랑하시던 품성을 내 가슴 한편에 많이도 남겨 놓으셨다. 십자매를 키우시고 여러 종류의 선인장도 기르셨다. 예술적 감각이 좋으셔서 늘 카메라를 갖고 다니셨다. 나도 아버지 DNA를 닮아서 중학생 때부터 사진 찍기를 즐겼다. 꽃과 산과 바다를 찍은 아버지의 사진을 엄마는 보관하고 계신다.

나는 일곱 살 때 딱 한 번 아버지께 벌을 받았다. 친구와 놀고 있었는데 오빠가 다락에 있는 베개를 꺼내 달라고 했다. 놀고 있는데 화가 났다. 베개를 꺼내 오빠에게 던졌다. 우리 집 가훈은 정직과 순종이었다. 나는 베개를 팔 위에 올리고 바나나 나무 밑에 서서 벌을 받았다. 참다 터진 눈물은 온 동네를 떠들썩하게 했다. 나를 안고 방 안으로 들어오신 아빠의 눈도 젖어 있었다. 마음이 어지신 분이라 문 틈새로 나를 지켜보고 계셨던 것 같다.

1974년도에 아버지는 가족들을 데리고 미국에 이민 오셨다. 엄마는 나를 도와주려고 2년 먼저 오셨다. 나는 남편의 직장을 따라 오렌지카운티로 이사를 왔다. 80년대 초부터는 교회 사역으로 자주 찾아뵙지 못했다. 고기는 싫어하시고 호박오가리 된장찌개를 즐겨 드시던 아버지. 이민 오시기 전까지는 속옷도 다림질해야 입으시던 분이다. 미국에서는 빨래 말리는 기계로 말려서 그냥 입어도 된다고 겨우 설득한 후로는 다리미질을 사양하셨다. 자신은 단정하나 남에게 폐를 끼치는 일은 용납하지 않으셨다. 미국에 오신 뒤로 나의 전도를 받고 신앙생활도 잘하셨다. 아버지는 후두암으로 5년간 투병하다 우리 곁을 떠나셨다. 돌아가신 뒤에 그렇게 좋아하시던 다림질을 못 해 드린 것이 내내 마음에 걸렸다.

여성 쉘터를 운영하는 게 너무 힘들 때 아버지를 찾아갔다. 아버지는 환경이 인생의 성패를 결정짓지 않고 시간이 지나면 기회의 문이 열리게 된다고 희망을 심어 주시고 도움이 필요한 연약한 사람은 잘 돌보라고 하셨다. 앞이 보이지 않을 만큼 절망적인 상황에서도 결코 희망을 잃어서는 안 된다며 손을 꼭 붙잡아 주셨다. 그 손은 하나님의 손처럼 따뜻하고 위로가 되었다.

자녀를 기르면서 인자하신 아버지의 모습이 더 자주 떠올랐다. 큰 느티나무 같은 아버지. 그 아래서 나는 늘 쉼을 누렸다. 내가 떠나면 아이들은 나를 어떤 나무로 기억할까? 죽을 때까지 향기를 잃지 않는 소나무일까. 먹을거리 넉넉한 도토리 열매를 맺는 참나무라도 될까. 가지가 풍성하여 넓은 그늘을 내어주는 든든한 느티나무도 좋다.

서서히 안개가 걷힌다. 석양빛에 비석이 빤짝인다. 신호등도 이정표도 없는 묘지를 떠나면서 뒤돌아본다. 오늘은 아버지의 묘지가 쓸쓸해 보이지 않는다. 내 마음도 편안하다.

(2018. 9.)

빅 베어 산정의 추억

❧

    남편과 함께 즐겨 찾는 빅 베어 산정 호수. 결혼 초부터 46년 넘게 10월에 빅 베어 산정을 찾는다. 남편이 즐겨 찾는 휴식처다. 두어 시간 넘게 달려오면 산봉우리들이 압도하듯 눈앞으로 몰려온다. 하늘은 짙어 가는 가을 따라 드높이 높아가기만 한다.

    봄에 오면 노란 개나리가 꽃망울을 터트리며 하늘거린다. 풍성한 구름에도 감사가 쏟아진다. 늦은 가을에는 솔향이 가슴을 가득 채우니 나도 모르게 웃음이 꽃망울처럼 터진다. 바라보는 산 위 구름은 아이스크림 같다. 유유히 흘러가는 흰 구름과 바람이 몰고 오는 빅 베어 호수의 냄새가 코끝을 만진다. 여름은 여름대로, 가을은 가을대로 빅 베어 산정 호수는 꿈과 고독을 안고 있는 듯하다

    산장에 도착하여 먼저 차 한 잔을 마시고 호숫가로 내려간다. 호수를 끼고 한참을 돌아가면 호수의 끝과 마주친다. 호수는 수심을 잃은 채 피골의 나신을 드러냈다. 심각한 가뭄이다. 긴 나무다리는 메말라버린 호수의 벌거벗음을 상징적으로 가려주는 듯했다. 별과 달이 머물렀던 아담한 호수가 가뭄으로 물이 말라 거북등처럼 쩍쩍 금이 간 바닥을 드러내고 있다. 물결이 찰랑대던 호수가 이렇게 되다니. 낯선 행성에 불시착한 것 같은

착각이 든다. 호수에 비친 구름을 두 손으로 퍼 올리던 때가 그립다. 휘파람으로 호수를 불러보며 허전함을 달래지만 허공에서 메아리만 감돈다. 오후에는 눈이 조금 내렸다. 메마르고 황량한 호수에 눈이 펑펑 쏟아져 호수 가득 물로 채울 수만 있다면 얼마나 좋을까.

변함없는 산은 올해도 아름다운 가을 빛깔을 선사한다. 키 큰 노송에서 떨어진 솔방울을 손바닥에 올려놓으니 손가락 끝에 솔향이 묻어난다. 소나무 숲을 걷다 보면 숲속에 머물던 바람이 노란 단풍잎을 살랑거리며 날려 보낸다. 무지갯빛으로 지붕을 단장한 호수 건너편 집들과 조화를 이루어 아름답다. 외진 터에 자리 잡은 콘도 속의 여행객들이 추억 줍기 여행을 온 것일까? 이 집 저 집에서 나오는 웃음소리가 하늘을 덮는다.

흐르는 세월에도 산은 변함이 없다. 빅 베어 산정 호수에 오면 우리 곁을 떠나 소나무 밑에 잠들어 있는 사촌 시누를 만난다. 거대한 나무는 물기둥이라고 했던가. 고인의 소원대로 빅 베어 큰 소나무 밑에 뿌려진 지 어언 5년. 63세에 심장마비로 우리 곁을 떠났다. 몸속 어딘가에 마르지 않는 웃음 샘을 숨겨놓은 듯 늘 웃음이 많았던 시누. 산정에 오면 나를 기다리고 있는 것 같아 말로 다 전하지 못한 기억의 편린을 털어놓는다. 나에게 기다림의 미학을 얘기하던 인내심 크던 겸손한 시누. 그리움이 솟구친다.

우리 곁을 떠나기 2년 전, 우리 내외가 한국을 방문했을 때 아침에도 오빠가 좋아한다고 더덕구이로 진수성찬 극진히 대접하던 따뜻한 시누다. 동갑이었지만 올케라고 깍듯이 존대하던 예절 바른 시누와 남해 쪽으로 여행 다니며 많은 대화를 나누었다. 세상을 떠나기 2년 전에는 한국에 계신 집안 노인들 몇 분을 미국으로 모셔와 그랜드 캐니언 구경도

시켜드리고 맛난 음식도 곳곳으로 모시고 다니며 대접한 효성이 지극한 사람이었다. 사촌 중에서 가장 가깝게 지냈던 터라 말수 적은 남편도 정이 깊었는지 그곳을 떠나올 땐 소나무 앞에 서서 눈물을 보인다. 그곳에서 부는 솔바람은 한 줌까지도 소중하게 여겨져 행여 날아갈까 봐 가슴에 담는다. 내년 봄에 다시오면 올해에 못다 한 얘기를 송홧가루처럼 털어놓으리라.

차가운 밤하늘이 소리 없이 별들을 쏟아붓는다. 커피 향 사이로 은은한 달빛이 우리 두 사람의 가슴에 조용히 내려앉는다. 우리가 언어를 내려놓으니 자연이 우리에게 이야기한다.

추억과 달빛에 취하는 호사를 누리니 감사하다. 바람에 날리는 나뭇잎에도, 아름다운 음악에도, 무지개 핀 하늘에도, 파란 하늘, 흐르는 시냇물, 날아가는 새소리에도 생기 있게 감동된다면 나의 여생의 행복은 그것만으로도 충분하지 않을까.

(2016. 9.)

시어머님 댁 이야기별

산야가 아직 눈이 녹지 않았다. 잿빛 하늘이 곧 눈물을 뿌릴 듯하다. 내 일생에 눈이 쌓여 있는 길을 발이 젖은 채 그렇게 오래 걸어 보기는 처음이었다.

2월, 신혼여행을 다녀온 후, 시댁 문중 어른들께 인사드리러 남편의 외가인 경기도 이천에 갔다. 쇠고기와 동태를 사 들고 싸리문을 열고 마당으로 들어서니 안방 문을 열고 시할머니께서 내다보셨다. 기별을 받고 기다리신 모습이 역력했다. 우리를 보자 마루로 나와서 절을 받으시고 내 손을 이리 만져보고 저리 만져보며 반달 같은 눈썹, 앵두 같은 입술 하며 굽은 허리로 덩실덩실 춤을 추고 예뻐해 주셨다. 여든도 훨씬 넘으신 연세라 출입도 못 하신다는데 손자며느리를 보고 마음에 기쁘셨는지 말씀도 많으시고 웃음도 많으셨다.

건너편 방문이 열렸다. 시 외숙모님은 머리에 하얀 띠를 동여매고 자리에서 일어나시는 듯했다. 시련을 겪은 여인의 고통스러운 삶이 보였다. 이 이야기 저 이야기로 해가 질쯤, 안주인의 정성이 가득한 항아리에서 해묵은 김장김치를 꺼내 살강 위의 제일 예쁜 그릇에 담아 내놓았다. 콩나물과 소고기를 넣은 볶음도 하셨는데 어찌나 맛이 좋았던지! 지금도 그 맛이 잊히지 않는다. 마당 가운데 있는 감나무에서 거둔 감잎차도 특별히 맛이 좋았다.

외숙모님께서 들려주신 얘기에는 시냇물이 바다로 가기까지 품어야 했던 수많은 별이 담겨 있었다. 열여섯 살에 시집와 모진 세월을 이겨낸 시어머님이 그랬듯 수만 개의 별이 가슴에 담겨 있었다.

싸리문을 열고 들어오시던 시 외삼촌은 첫인상이 고향 집 느티나무처럼 과묵해 보이셨다. 갈색 피부에 고뇌와 우수가 가득 찬 모습이셨다. 시어머님은 2남 2녀 중 맏이로 학교 문턱에도 못 가보셨다. 남동생은 동경 유학을 마치고 돌아왔는데도 매형의 청과상에서 일했다. 장부 출납을 관리하는 경리사로 지냈다, 늘 술로 식사를 때우며 사셨다고 했다. 당시로는 최고 학부를 나오고도 제 역할을 못 하시니 외숙모님과 우리 시어머님의 걱정이 얼마나 크셨을는지 짐작이 간다.

아마 고향으로 돌아올 때는 넘치는 자유와 물질적인 부를 기대했을 것이다. 그러나 어디에서도 일할 곳을 찾지 못했다. 고국에서 나그네가 된 것이다. 숨 막히는 현실 속에서 하루하루를 버틸 때 유일하게 세상과 소통한 것은 술이었던 것 같다. 그런 모습이 시대의 반영이라면 어쩔 수 없겠지만 외숙모님의 이야기는 내 가슴도 쓰리게 했다.

세상으로부터 도피하고 싶은 그에게 현실의 삶이란 눈물 나는 것이었을까. 그분이 겪었을 내면의 갈등이 보이는 듯하다. 지식인이라는 우월감과 자존심이 그를 회의에 빠뜨린 건 아닐까. 그래서 염세주의자나 고급 백수의 삶을 살게 하지는 않았을까.

외숙모님이 시린 겨울을 지내면서 기다린 것은 따뜻한 봄 같은 안정된 삶이었을까. 뼈가 녹듯 한탄한들 무슨 소용이랴. 고뇌 가운데 휘청이며 따뜻한 봄을 기다리던 사람, 삭막한 나날이 가고 하루속히 가슴만이 아닌 현실로 맞아보길 얼마나 기원했을까.

외삼촌의 뒷모습은 볼 수도 만날 수도 없는 슬픈 내면인지도 모른다. 잿빛 하늘이 눈을 내린다. 가슴이 아플 때, 슬픔이 눈물로 변하여 쏟아졌을 시어머님의 눈물이 아른거린다. 외숙모님의 마음속에 있는 수많은 사연은 구름이 끼면 비가 내리듯 그날은 눈물이 되어 마음껏 쏟아졌다. 외삼촌의 삶을 반추해보면 우리의 삶에 특별한 정답이 없는 것 같은 생각이 든다.

집으로 돌아가는 길은 해가 지고 땅거미가 내리며 어둠이 깃들었다. 몸은 집으로 향하면서도 내 맘은 그곳에 그대로 머물고 있었다. 현실감이 떨어져 사회에 적응을 못 한 채 힘든 시간을 살아가셨던 시외삼촌의 모습이 돌아오는 차 속에서도 내내 떠나질 않았다.

(2017. 2.)

가을 소묘(素描)

✺

가을이 깊은 날, 우리 부부는 밤늦게 막내딸 집에 갔다. 출장이 잦은 딸 내외는 집을 비울 때면 손주 둘과 강아지 두 마리를 우리에게 부탁했다. 노후에는 이런 일이 즐겁고 보람됐다.

딸네 집에 오느라 수면 리듬이 깨졌는지 잠을 설쳤다. 새벽에 테라스로 나오니 달님이 아직 꼬리만큼 남아 있었다. 새벽안개가 은백색으로 나뭇잎 속에 숨었다가 아침 햇살에 자리를 내주었다. 따라 나온 강아지 두 마리가 뒤뜰을 맘껏 뛰어다녔다. 맑은 아침 공기가 상쾌했다. 집이 산 위에 위치한 탓에 건너편 집 몇 채는 안이 환히 들여다보였다. 어떤 집에서는 노부부가 신문을 읽었고 그 옆집에서는 젊은 부부가 분주히 움직이는 것이 바쁜 하루를 준비하는 듯했다.

100년 된 레몬 나무는 봄에 가지를 너무 많이 쳐주어 열매를 많이 맺지 못할까 봐 걱정했는데 다행히 잘 자라주었다. 아직 알이 작지만 탱글탱글했다.

커피를 들고 뜰 옆길에 있는 청포도 나무에 갔다. 전에 살던 노부부는 청포도로 직접 포도주를 만들어 마셨다고 했다. 노부부는 이사하면서 아끼던 청포도 나무를 가지고 갔는데 세 그루는 선물로 남겨 두었다.

청포도는 9~10월에 따서 담가야 한다는데 포도가 익은 줄도 모르고 11월이 지나는 바람에 열매가 나무줄기에 말라붙었다. 포도나무에 미안한 마음이 들었다.

포도나무를 보니 어릴 적 기억이 아련히 떠올랐다. 친정어머니는 해마다 청포도로 술을 담가 아버지께 드렸다. 이 때문에 집안 어른들께 칭찬과 사랑을 많이 받으셨다. 어느 해던가 술을 담그면서 병마개를 너무 꼭 봉해서 포도주병이 폭발하고 말았다. 마루 옆 귀퉁이에 있던 광에서 난리가 났다. 술이 마루의 굵고 가는 나뭇결 사이로 스며들어 냄새가 가시지 않았다. 할머니께서 몇 달을 두고 노여워하셨고 주눅 든 어머니는 고개를 들지 못했다. 열여섯에 시집와 시어른들 앞에서 늘 고개를 못 드는 엄마의 모습에 어린 나도 슬펐다. 그날 쏟아진 포도주 냄새는 60년이 훨씬 지난 지금도 코끝을 맴돈다.

딸 집에 온 지 일주일째다. 이제야 자세히 볼 만하다고 생각했는데 가을이 떠나려 한다. 올해는 단풍 구경을 못 해 아쉬웠다. 천지가 불덩이로 이글거리는 동부의 단풍에 비할 바는 아니겠지만 눈부시게 쏟아지는 비숍의 사시나무(Aspen) 단풍은 볼 만하다. 지금쯤 비숍의 숲길을 걸으면 발밑으로 바삭거리는 소리가 들리겠지. 노랗게 살랑거리는 금관의 낙엽도 바람 따라 음악 소리를 내며 떨어지겠지. 오늘은 강아지를 데리고 동네 공원에 있는 라구나 호수라도 봐야겠다.

아직도 산 위에는 가을 향기가 가득하다. 가을이 정녕 떠나려나 보다.

(2017. 11.)

머물고 싶은 비숍

비숍에 다시 왔다. 작년 여행 때 보았던 눈부신 황금빛 단풍이 잊히지 않아서다. 비숍의 가을은 언제나 예쁘다.

가을이 찾아오면 이스턴 시에라의 풍경이 변하기 시작한다. 여름내 초록으로 빛나던 잎사귀는 노란색, 오렌지색, 붉은색으로 옷을 갈아입는다. 비숍은 채색옷을 입은 산과 여러 가지 얼굴을 가진 호수를 품고 있다.

사우스 레이크(South Lake)는 일만 피트가 넘는 높은 곳에 있다. 그림 같은 절경은 파란 호수 속에도 있다. 봉우리 안에 숨어있는 사우스 레이크, 아스펜 숲속의 작은 오솔길에 팔랑거리는 아스펜 터널을 따라 내려가 물가에 서면 가슴이 먹먹해진다. 가장 먼저 겨울을 마중한다.

노스 레이크(North Lake) 맑은 물은 바닥의 돌멩이까지 청량감을 만끽하게 한다. 수많은 사진작가가 이곳에서 사진을 찍는다. 사람의 눈을 완전히 사로잡는 풍광이다. 하늘과 산, 나무와 바람, 호수와 물, 돌과 흙길, 나무 잎사귀, 그 가을 속에 푹 묻히고 싶다. 길목 구석구석 가을의 아름다움이 가슴을 벅차게 한다.

사브리나 레이크(Sabrina Lake)는 울긋불긋한 단풍 사이로 청록색 호수가 평화로움을 더해준다. 사시나무가 황금 왕관처럼 떨며 잎사귀를 떨어트린다. 가을을 가장 화려하고 아름답게 느낄 수 있는 곳이다.

자연에 푹 안겨 있는 천혜의 호수는 차를 타고는 볼 수 없다. 산에 둘러싸인 호수는 엄마의 자궁 같다. 생명의 근원이 여기서 출발하는가 싶다. 고독을 씻어주는 바람이 있고, 슬픔을 위로해 주는 땅의 기운도 있다. 하늘이 나에게 희망과 소망을 말해주는 것 같은 착각이 든다. 대형 스크린으로 광활한 자연 끝자락을 보는 듯하다.

숲속 산장 앞에 멈춘다. 휘트니산에서 눈 녹은 물이 바위를 할퀴며 하얗게 부서져 내려오다 산장 앞 작은 실개천에선 고운 소리를 내며 흐른다. 새색시 버선발 소리같이 조용하다. 협곡에서 내려온 맑은 물은 쉬지 않고 흘러내린다. 비숍 크릭을 품에 안고 있는 산골의 산장은 아스펜 나무들로 그늘이 드리워져 있다. 해가 지면서 풀빛 계곡물이 질그릇 색깔로 몸을 바꾼다.

산다는 건 우거진 수풀 속을 헤매는 것일까. 그 속에서 방황하는 사람들에게 슬픔과 상처, 고독과 고통의 어떤 상황에서도 삶을 포기하지 말라고 말하고 싶다. 고요한 평화, 젊었을 때는 하찮아 보이던 것도 나이가 들어가니 감동적으로 보이는 게 많아진다. 황금색으로 물든 아스펜 단풍, 숲 사이로 비치는 햇살에 내 마음을 말리며 사시나무 사이를 걸어가는 내 발걸음이 가볍다.

아스펜 단풍을 보러 오는 비숍은 가을마다 찾는 마음의 고향이며 영혼을 치료하는 나의 비밀 정원이다.

(2019. 10. 30)

봄, 앤틸롭 밸리, 파피꽃

겨울이 떠난 자리에 꽃향기가 가득하다. 온몸의 세포가 꿈틀거린다. 봄이 너무 궁금한 나는 벗들과 나들이를 떠났다.

랭커스터 서쪽 앤틸롭 밸리(Antelope Valley). 황량한 들판. 캘리포니아 파피(California Poppy) 보호 지역이다. 바람이 많고 변화무쌍한 날씨로 소문난 곳에도 화려한 오렌지색으로 찬란한 봄이 찾아왔다. 야생화는 질긴 생명력으로 겨우내 얼어붙었던 땅을 헤치고 나왔다. 넓고 탁트인 하늘 아래 오묘한 한 폭의 수채화가 펼쳐졌다. 꽃은 광활한 언덕을 수놓았다.

테하차피 비스타 포인트(Tehachapi Vista Point)에서 남북 루프(Loop)에 펼쳐진 꽃은 경이로웠다. 가뭄 끝에 내린 단비와 햇볕이 채도가 높은 주황색 비단실로 온 땅에 수를 놓은 듯했다. 화려하게 치장한 파피꽃이 바람을 타고 춤추듯 너울거리며 나를 맞는다. 들판에 발을 내디디면 금방이라도 주황색 물이 들 것 같다.

인디언들은 하나님이 캘리포니아에서 추위와 기근을 쫓아내기 위해 보낸 불꽃이 파피라고 믿었다. 스페인 식민지 시절에는 풍요와 부를 상징했고 스페인어로 황금 잔이라는 뜻의 '코파 데 오로(Copa de Oro)'라고 불렀다.

예쁘고 참한 야생화들은 저마다의 향기가 있다. 꽃 모양과 색깔이 손녀의 원피스에 단추로 달아주고 싶도록 앙증맞고 귀엽다. 역경을 이겨내고 피어난 꽃은 더욱 아름답다. 거센 바람이 불어도 꽃을 피우기 위해 견디어 낸 모습이 살아갈 우리의 앞날에 교훈을 준다.

산을 굽이굽이 돌아 집으로 돌아간다. 산골짜기 사이로 햇살이 길섶을 비춘다. 눈길을 사로잡는 기묘한 돌. 반사되는 빛. 가슴이 뚫리는 풍광들. 티 없이 맑은 하늘 아래로 비행하는 새들을 보며 마음의 위로를 얻는다. 하늘과 숲, 바위 사이로 표류하다 길 끝에서 마주친 작은 동네의 그림 같은 작은 호수는 엄마의 품처럼 고요하고 평화롭다. 안개구름이 포근하게 산골짜기에 내리며 햇살이 온몸을 감싼다. 아무 대가 없이 무한대로 허락된 것들에 다시 한번 감사함을 느낀다.

파피는 겨울 강우량이나 봄철 기온에 따라 꽃이 피는 시기와 양이 일정하지 않다는데 파피를 이만큼 볼 수 있다니. 보랏빛과 분홍빛의 야생화 루핀(Lupin)이 내년에는 더 큰 군락을 이루며 피어났으면 좋겠다. 랭커스터의 대지에 자연의 생명력이 해마다 살아나길 간절히 소원한다면 다시 돌아올 이유 하나쯤 남겨 두는 것이겠지.

(2016. 5.)

파피꽃

ⓒ✹➣

물보라는 바람을 타고 비가 되어 내렸다. 2018년 3월. 가뭄 끝에 잦은 비가 내리더니 천지가 꽃바다를 이루었다. 몇 년 만에 찾아온 꽃 횡재였다. 15번 프리웨이는 엘시노 쪽 산을 물들인 파피를 보려는 사람들로 북적였다.

친구들과 레이크 엘시노 쪽 산으로 하이킹을 나섰다. 올해는 먼 곳 랭커스터까지 가지 않고도 대단한 호사를 누리게 되었다. 더 화려한 파피를 보게 되었으니 말이다. 겨울잠에서 깨어난 골짜기들이 페인트를 뿌려놓은 듯, 카펫을 깐 듯 너무나 멋졌다. 창조주의 크신 선물이다.

산 전체에 이름도 알 수 없는 야생화가 만발했다. 사방이 주황색 비단 실로 곱게 수를 놓은 듯 화려하다. 이 지역은 이슬로 들꽃을 피우는 메마른 곳인데 올해는 단비가 내렸다. 발을 내디디면 곧 주황색 물이 들 것 같다. 화려한 모습으로 우리를 맞는 파피와 수많은 야생화가 바람을 타고 춤추듯 너울거렸다.

오랫동안 마른 땅속에 잠들어 있던 야생화 씨앗들이 긴 잠에서 깨어나 꽃을 피웠다. 씨앗은 때를 기다렸다가 싹을 틔우고 아름다운 꽃을 피웠다. 씨앗은 실로 신비롭다. 파피와 순백의 스노 콘(Snow Corn)을 비롯해 보라색 자주 달개비, 노란색 괭이밥, 이름 모를 하늘색 야생화가 저마다의 색깔과 모습으로 피어 있다. 씨앗이 온몸을 깨트리고 연한 새싹이 무거운 흙덩이를 뚫고 나오면서 얼마나 힘들었을까? 때로는 벌레가 물어뜯고 회오리바람이 난폭하게 쓸고 갔으리라. 많은 사람이 밟고 지나가도 다시 목을 곧추세우는 모습이 감동적이다.

작년에는 캘리포니아 파피 보호 지역인 랭커스터 서쪽 앤틸롭 밸리에 갔었다. 바람이 많고 날씨가 변화무쌍하기로 소문난 황량한 들판이다. 겨우내 얼어붙었던 땅을 질긴 생명력으로 헤치고 나온 야생화들. 넓고 탁 트인 하늘 아래 한 폭의 수채화로 펼쳐져 있었다. 겨울의 강우량이나 봄철 기온에 따라 꽃이 피는 양과 시기가 결정되기에 해마다 일정하지 않다는데 파피를 볼 수 있어서 감사했다. 보랏빛과 분홍빛의 야생화 루핀(Lupine)이 내년에도 랭커스터 땅에 군락을 이루며 피어나길 소원하며 돌아왔다.

꽃을 보면 칠보 빛깔이 떠오른다. 결혼식을 마치고 외할머니댁으로 인사 가던 날, 딸이 귀한 집안에 첫 손녀라고 할머니는 칠보 손거울을 주셨다. 할머니는 내게 깊은 사랑을 남긴 분이어서 선물은 특별한 의미가 있었다. 10년 전 한국에 갔을 때 인사동에서 칠보 목걸이와 반지를 사 왔다. 할머니의 사랑 때문에 할머니가 주신 칠보가 더욱더 좋았다. 할머니가 주신 칠보 손거울과 내가 가지고 있는 칠보 목걸이와 반지는 하나밖에 없는 내 손녀에게 또 전해져 가겠지. 파피와 야생화가 바로 칠보 빛깔과 같다.

청명한 하늘이 눈부시다. 동네 피터스 캐니언에도 파피와 야생화가 피었다니 내일은 동네 산의 꽃길을 걸어야겠다.

(2018. 5.)

방태산 자작나무

꿈

한국을 여행하고 돌아온 지 두어 달이 지났지만, 마음은 한국에 남아 있었다. 미국 생활 48년 동안 한국에 다섯 번 다녀왔다. 갈 때마다 발전하는 모습에 "세상에 어쩜!" 하며 감탄을 금치 못했다.

17층에서 내려다보이던 퇴계로의 분주한 차량 행렬들, 손수레에서 과일을 팔던 노부부, 남대문시장 입구에서 어묵을 먹던 젊은 남녀의 소탈한 모습. 짧은 한 달이었지만 서울의 풍경이 눈앞에 어른거렸다.

"여보, 한국에 36년 만의 큰 눈이 내렸대!"

텔레비전 뉴스를 보던 남편이 웃으며 말했다. 하얀 눈이 천지를 덮었다는 소식에 나도 입가에 미소가 돈다. 겨울에 가면 더욱 아름답다는 자작나무 숲의 추억 때문이었다.

강원도로 가는 길목에서 만난 채색옷을 입은 산들의 풍광은 나를 사로잡았다. 한국의 단풍은 세상 어디에 내어놓아도 손색이 없었다. 인제에 있는 방태산은 하늘이 눈부시게 푸르렀다. 맑은 계곡물과 우람한 돌이 아름다운 폭포를 지키며 서 있었다. 바람과 비에 떨어진 가지와 나뭇잎이 계곡물에도 흩어져 흐르다 디딤돌과 거침돌과 만나는 풍경이 한 편의 교향악처럼 느껴졌다. 내 삶에도 숲속의 정기가 흐르는 듯했다.

가을빛에 물든 자작나무는 매혹적이었다. 숲속의 여왕이라고 불릴 만했다. 겨울이 오기도 전에 멋진 옷을 벗어놓은 자작나무는 회백색을 띤 모습이 도도한 귀공자 같기도 하고 왕후의 귀티가 나기도 했다. 나무 기둥이 희니 숲은 하얀 물감으로 그려놓은 그림처럼 환했다. 맑은 하늘 사이로 숲속의 신선한 공기와 반짝이는 햇살이 눈 부셨다.

천 년이 지나도 벌레가 안 나고 변질이 잘 안 된다는 나무. 부패를 막는 특성 때문에 천마도와 팔만대장경을 자작나무 껍질에 기록하였다고 한다. 자작이라는 이름은 불에 탈 때 자작자작 소리를 낸다고 해서 붙여진 이름이라는데 얇은 껍질에 사랑의 편지라도 써 보내고 싶은 충동이 일었다. 낯선 곳에서 평온함과 안온함을 느낀 것은 자작나무 때문이었으리라.

돌아오는 길에 보니 나뭇가지에 매달린 감이 잘 익고 있었다. 눈길이 닿은 저 끝 건넛산은 단풍으로 타오르고 있었다. 길 위로 떨어진 빨갛게 물든 나뭇잎으로 온 세상이 화폭이었다.

가을은 짧았지만 추억은 오래 머물렀다. 이곳도 자작나무는 있지만, 마음속 자작나무가 그리웠다. 방태산 자작나무는 올겨울도 햇빛을 받으며 추위를 견딜 것이고 내년 봄에는 더욱 아름다운 자태로 진한 향기를 내어주겠지. 지금도 마음은 방태산 자작나무 숲을 거닌다.

(2018. 12.)

구아바 향기처럼

 십 년 넘게 산행을 다니던 피터스 캐니언(Peters Canyon)이 며칠 전
불이 났다. 이틀 동안 생중계되던 산불 현장을 보면서 마음이 아팠다.
동네 근처라 자주 가는 곳인데 당분간 등산로를 닫는다고 한다. 캐니언
곳곳에는 사람들의 많은 추억이 무수한 발자국으로 남겨져 있을 것이다.
 삼십 년 전 옐로스톤으로 여행을 다녀왔는데 몇 달 뒤 불이 났다. 친구
가족과 함께 여행한 터라 수많은 추억이 서린 곳이어서 더욱 안타까웠
다. 옐로스톤이 오랜 시간 뒤에 회복됐듯 피터스 캐니언도 본래 모습을
회복하려면 오랜 세월이 필요하리라.
 산행 친구들은 피터스 캐니언 대신 산책할 장소를 물색하다 우리 동네
에 있는 힉스 캐니언(Hicks Canyon)을 택했다. 구름이 낮게 내려앉은
10월의 마지막 날. 날씨는 조금 흐렸지만, 나뭇잎 사이로 가끔은 햇살이
비췄다. 길옆 유칼립투스(Eucalyptus) 나무는 키도 크고 품도 넉넉하고
향긋했다. 오래전 어바인 시는 강한 바람을 막아 오렌지가 떨어지지 않
고 잘 자라도록 유칼립투스 나무를 많이 심었다.
 오랜만에 걷는 힉스 캐니언 산책길이 화사한 것은 이곳을 걷는 사람들
의 모습이 환하기 때문이다, 달리는 젊은이, 주인 따라 걷는 강아지,

발맞춰 걷는 노부부가 숲길에 생기를 불어넣었다. 혹은 눈을 맞추고 혹은 얘기하며 걷는 이들은 숲과 함께 행복해 보였다.

우리는 흙길을 걸었다. 자전거 시멘트 길을 달려 스쳐 갔다. 길 양쪽으로 늘어선 집의 담장 밖으로 아보카도와 구아바, 레몬, 석류가 고개를 내밀었다. 어떤 집에서는 지나가는 사람들에게 가져가라고 텃밭에서 기른 채소를 바구니에 담아 낮은 담장에 걸어놓기도 했다. 나도 가끔 그곳에서 오이, 호박을 얻어왔다.

마지막 지점에서 돌아 내려오는데 어디선가 은은한 향기가 바람에 실려 왔다. 향기에 끌려 어느 집 담 아래에 섰다. 담장 밖으로 떨어진 구아바(Guava) 열매 향기였다. 열대과일 구아바는 색깔이 노랑, 빨강, 흰색 등 100가지도 넘는다. 신들의 음료라고 부를 만큼 영양도 풍부하고 치유 능력도 높다.

서너 개를 주워 코끝에 댔다. 아! 이건 그저 노란색 껍질에서 나는 향기가 아니었다. 오묘했다. 겉모습은 별것 아니었지만, 향내는 감미롭고 매력적이었다. 구아바 향은 천상의 향기일 것이라며 우리는 마주 보고 고개를 끄떡였다. 황홀했다. 반으로 잘라보니 파스텔 빛깔 핑크색 속살이 나왔다.

집으로 돌아와 구아바 세 알을 예쁜 접시에 담아 식탁 위에 놓았다. 집 안 구석구석 달콤하고 은은한 향이 가득 찼다. 내게서도 구아바 향기 가득하기를.

(2017. 10.)

chapter **4**

그대가
아름다운 까닭은

Somis City Mountain, Ventura county

시래기 예찬

며칠 전 과식을 했다. 배가 아파 밥을 먹을 수가 없다. 어릴 적 배가 아파 밥을 안 먹으면 할머니께서 시래기죽을 쑤어주신 생각이 났다. 삶은 무청 시래기 껍질을 벗기고 조개와 함께 다져 넣고 멸치다시에 된장을 조금 풀고 은근히 끓인 죽이 얼마나 고소하고 맛나던지. 아프던 배는 온데간데없어졌었다. 기억을 더듬어 시래기죽을 끓였다.

어릴 적 할머니 집에 가면 마당 한구석에 배추 시래기와 무청 시래기를 말리셨다. 광 옆 지붕 밑에는 늘 마늘과 함께 시래기가 걸려 있었다. 시래기만 있어도 가을은 넉넉했다. 그 시절 가난한 집안은 굶주린 배를 채우려 시래기를 보리쌀에 섞어 끓여서 먹었던 시절도 있었다고 했다.

요즘은 먹을게 넘쳐나 웬만한 건 거들떠보지도 않는다. 하지만 시대가 바뀌면서 생각도 바뀐다. 그중에서 우거지와 시래기가 식품학적으로나 영양학적으로 재발견된 것은 놀랍다. 섬유질과 미네랄, 비타민이 많다는 것을 발견했고 빈혈과 숙취 해소에 도움이 되는 영양가 많은 귀한 음식으로 대접도 받게 되었다.

더 이상 우거지와 시래기는 먹을 것이 없던 시절의 구황작물이 아니다. 우거지와 시래기가 전 국민의 사랑을 받는 웰빙 음식 재료로 굳건하게 자리를 잡았다. 굉장히 귀한 반찬이 되었다. 배춧잎과 무청을 삶고 말려 전문적으로 만드는 업체가 많이 생겼을 정도다.

나는 유난히 시래기 볶음을 좋아한다. 시래기를 볶아 놓으면 다른 반찬이 필요 없을 정도다. 우리 할머니는 소고기보다 더 맛나다고 하시고 밥도둑이라고 하셨다. 파. 마늘. 된장, 참기름을 넣고 조물조물 주물러 양념한 시래기를 달달 볶아 놓으면 고소하고 달기까지 하다. 밥상에 올리면 일등으로 뽑히는 맛 좋은 반찬이다. 시래깃국, 시래기 조림도 특별하게 맛있다.

안타깝게도 우리 아이들은 이 맛의 진미를 모른다. 미국에서 태어나서일까. 언제나 그 맛을 알 수 있을는지.

요즘 충남 부여와 지리산 아래 산청에서도 산과 산 사이 넓은 골짜기에 무청을 동풍과 서풍, 남풍과 북풍으로 말린다. 비와 눈을 맞게 하여 얼렸다 녹였다 하며 말린다.

나는 얼마 전까지만 해도 시래기를 말릴 때 옛날 방식으로 넓은 대소쿠리에 말렸다. 우기엔 차고에서 옷걸이에 매달아 걸어 놓아도 잘 마른다. 다 마른 것은 비닐봉지에 신문지를 깔고 김 봉투에 있던 방습제 몇 개를 넣고 잘 싸 두면 오래 보관할 수 있다. 미국에서 아무리 정성을 들여도 한국의 넓은 골짜기에서 얼렸다가 녹이고 동 서 남 북 바람에 말린 시래기와는 비교가 안 된다. 다음 한국 방문 때는 다른 건 몰라도 시래기는 꼭 사 와야겠다.

(2017. 12.)

시어머님은 요리 선생님

❧

　시어머님은 음식을 할 줄 모르는 나에게 요리를 가르쳐주신 선생님이셨다. 남편이 출근길에 시댁에 데려다주면 시어머님께 요리를 배웠다. 새댁이 요리를 잘 못 하는 게 허물이 아닐 수는 있지만 나는 못 해도 너무 못했다. 그래도 어머님은 한심하게 여기지 아니하시고 하나씩 차근차근 가르쳐주셨다. 우리는 요리 수업을 하며 친 모녀 같은 정을 쌓아갔다.

　어머님은 요리에서 제일 중요한 것이 간이라 하셨다. 집 간장, 외 간장, 소금은 간에 따라 맛이 다르고 간하는 순서에 따라 맛이 다르다고 하셨다. 간을 할 때는 설탕과 소금, 식초, 장의 순서로 넣으라고 하셨다. 후추는 좋은 양념으로 고기와 생선에 사용하되 함부로 많이 넣지 말라고 하셨다.

　제일 먼저 배운 것은 파 써는 법이었다. 파는 양념간장에 넣을 때는 송송 썰고, 나물에 넣을 때는 갸름하게 썬다. 양념장에 넣는 뿌리는 다지고 국에 넣는 줄기는 큼직하게 썬다. 덜 싱싱한 부분은 살짝 데쳐 얼려두었다가 국이나 찌개를 끓일 때 넣으면 좋다.

　마늘 사용법도 다 달랐다. 칼등으로 짓눌러 다지면 향내가 많이 나니

국에 넣거나 김치 담글 때 쓴다. 나물이나 양념장에 쓰는 마늘은 칼로 자근자근 썰고 생선조림엔 납작납작 저며 넣는다. 동치미와 물김치, 나박김치에는 편을 떠서 베 보자기에 싸 김칫독에 넣는다.

생강은 생선 조릴 때 사용하면 비린내를 줄이고 겨울에 생강 대추를 함께 넣고 차를 끓이면 감기를 막아주는 좋은 약재라고 하셨다. 하지만 쉬운 양념이 아니어서 많이 넣으면 쓴맛이 나니 조심해야 한다.

시댁은 식구가 많았다. 내가 시집오던 50년 전에도 새벽시장에 가서 배추와 무, 파, 총각무를 상자로 사다가 김치를 담갔다. 자연히 우거지와 시래기가 많이 나왔고 이것들을 말려서 귀한 반찬으로 사용하셨다.

시래기 볶음도 전수받았다. 시래기에 파와 마늘, 멸치 가루, 고춧가루, 들깻가루, 된장, 들기름을 넣고 조물조물 주물러 달달 볶으면 감칠맛이 기가 막혔다.

시래깃국은 어떤가. 시래기에 된장을 넣고 주물러 두었다가 다시마와 디포리, 멸치, 양파, 대파를 넣고 국물을 만든 뒤 쌀뜨물을 붓고 끓인 다음 매운 청양고추와 파, 마늘을 넣고 조금 더 끓이면 맛이 달기까지 했다.

시래기 조림은 명품 반찬이었다. 푹 삶은 시래기에 양념을 넣고 무쳐서 바닥에 깔고 그 위에 꽁치나 고등어를 얹어 조리면 기막힌 맛이 났다.

어머님은 무슨 음식이든 양념을 너무 많이 넣지 말라 하셨다. 과유불급(過猶不及). 지나침은 모자람만 못하다고 하셨다. 어찌 양념뿐이랴! 친하게 지낸다고 양념을 너무 많이 치면 사이를 망친다고 하셨다. 사람도 아롱이다롱이가 있다 하셨다. 이런 사람은 이렇게 대해야 하고 저런 사람은 저렇게 대해야 한다고 하셨다. 그래야 각자의 재주를 제대로 표현

할 수 있으니 버릴 사람은 없다고 하셨다. 적재적소에 맞추어 쓰면 상처가 안 생긴다고 하셨다. 지나고 보니 여성 쉘터를 섬기는 동안 사람을 많이 만나야 하는 나에게는 50년 전 어머님의 말씀이 큰 자산이 되었다, 내 삶 여러 곳에 적용할 수 있는 깊은 가르침이었다. 돌이켜 보면 어머님은 하나님께서 내게 특별히 보내주신 몽학선생이셨다.

(2017. 2.)

콧물 빠진 외할머니의 녹두죽

가주에 집중 호우가 내렸다. 미국 온 지 47년이 되어도 이렇게 2주째 계속 비가 오기는 처음이다. 친구와 축축해진 산길로 산행을 왔다. 비가 오면 할머니의 콧물과 내 눈물이 오버랩 되면서 미안하고 부끄러운 추억 하나가 떠오른다.

미국으로 떠나오기 전 외할머니께 작별 인사를 드리러 갔을 때도 며칠째 폭우가 쏟아졌다. 비는 겹겹이 쌓인 시간을 씻어내며 내가 잊었던 시간 속으로 데려갔다. 세찬 빗줄기는 내 깊은 곳을 파고들며 잊고 있었던 나를 만나게 했다.

사람은 누구나 잊을 수 없는 맛이 있다. 내게는 외할머니의 녹두죽이 아련한 고향의 맛이다. 어릴 적 여름 방학에 할머니 댁에 내려가면 할머니는 내가 도착할 시간에 맞춰 암탉 한 마리를 잡아 어느새 닭볶음을 만든다. 손수 가꾸시는 앞뜰 텃밭에서 깻잎과 풋고추, 상추로 한 상 가득 푸짐하게 차려내셨다. 그중에도 내가 제일 좋아하는 것은 녹두죽이었다. 우물 안에 띄워놓았다가 두레박으로 건져 올린 열무김치와 함께 밥상에 놓인 녹두죽이 입안에서 목 줄기를 타고 넘어갈 때면 행복감이 온 몸 구석구석까지 차올랐다.

인사를 드리러 간 그날도 녹두죽 먹을 기쁨으로 설렜다. 동구 밖까지 나와 반가이 맞아 주시던 외할머니는 연세가 많아 집에서 기다리셨다. 대문 안으로 들어서는 손녀딸을 맞이하시던 모습, 할머니의 손녀 사랑은 참으로 유별나셨다. 녹두죽만큼은 일흔이 넘으셨어도 일하는 사람에게 시키지 않고 손수 끓이셨다. 연로하신 할머니에겐 큰 노동이다. 녹두죽은 쉬지 않고 저어야 눌어붙지 않는다고 하시며 허리를 구부린 채 저으시다가 아차! 콧물 한 방울을 떨어뜨리고야 말았다. 나는 순간 숨이 멎는 것 같았다.

외할머니는 펄펄 끓는 녹두죽 열기에 무엇이 떨어진 줄도 모르고 계속 젓고 계셨다. 녹두죽을 상에 올리시고 이 반찬 저 반찬을 얹어 주시며 두 그릇은 먹고 가라고 하시는데 도저히 먹을 수가 없었다. 차마 할머니의 콧물 때문이라고 말할 수가 없었다. 배가 아프다며 먹지 않으니 할머니께서는 얼마나 안타까워하셨던지. 돌아갈 시간이 되자 할머니는 참나무통 안에 기름종이를 깔고 죽을 가득 싸주셨다. 몇 번은 먹을 수 있으니 아무도 주지 말고 꼭 다 먹으라고 당부하고 또 당부하셨다. 대문을 나서기 전 오래된 장롱에서 꺼낸 칠보 손거울을 살며시 손에 쥐어 주시던 모습이 지금도 잊히지 않는다. 그 손거울은 외할아버지께서 중국에 다녀오시면서 할머니께 사다 드린 선물이라고 엄마에게 들은 기억이 있는 선물인데 나에게 주셨다.

오늘은 참나무통에 담아주셨던 녹두죽이 유난히 눈앞에 어른거린다. 끝없는 외할머니의 사랑을 외면한 채, 코가 떨어진 죽이 더러워 먹지 못한 것은 내 잘못이 아니라고 애써 우기며 자신을 변명하던 그 날이 부끄럽다. 죽 먹는 것을 못 보아서 마음이 아프다고 열 번도 넘게 말씀하셨는데. 내가 밉다. 그때 깨달았더라면 할머니가 행복하시도록 몇 숟갈이라도 떠먹었을 것을. 그 일 후로는 녹두죽을 먹지 못한다. 눈물이 난다.

세찬 빗방울 속에서 오랜 세월 잊었던 기억이 깨어나 나를 위로한다. 얼굴 위로 빗물이 흐른다. 빗소리 같은 소리를 내며 부추 부침개를 해주시던 할머니의 손맛이 오늘은 유난히 그립다. 내 속에 할머니의 사랑은 아직도 늙지 않았다. 앞서간 누군가가 남긴 발자국을 바라본다. 내 뒤에 오는 누군가도 내 발자국을 보겠지. 그리고 내 발자국은 차츰 묻히겠지. 오랜만에 가슴속 깊은 곳으로 햇빛이 비춘다.

(2017. 5.)

콩나물밥 성찬

어릴 적 외할머니께서 방 한쪽 구석에 항아리 시루를 놓고 콩나물을 길렀다. 콩나물을 뽑아 소쿠리에 담아 부엌으로 가시던 생각에 요즘 나는 콩나물을 기른다.

외할머니는 넓은 정원과 텃밭을 가꾸셨다. 어린 내가 할머니 집에 들러 밥상에 앉으면 한의사였던 외할아버지께서 음식 재료에 대한 말씀을 자주 하셨다. 콩나물은 원래 식용이 아니고 약용이라고 말씀하셨다. 산모의 초유(初乳)에 비교될 정도로 좋은 음식이라 했다. 특별히 콩에 물을 줄 때 그 물을 되받아 부어주어 기른 콩을 말리면 대두 황건이라 하여 청심환의 원료로 쓰는 귀한 약재가 된다고 하셨다.

외할머니 다리에 붓기가 생기고 근육에 경련이 오면 콩나물 반찬을 자주 드셨다. 할아버지는 과음한 다음 날 아침에 콩나물 해장국을 드셨다. 소고기 안심에 다진 마늘, 참기름, 집 간장, 고춧가루를 넣고 볶은 후 콩나물과 양파 대파를 넣고 끓인 국은 지금까지도 집안에 내려오는 맛난 전통음식 중 하나다. 속이 좋지 않았던 외삼촌은 위에 열이 많아 콩나물 냉국을 드시던 기억도 있다.

콩나물은 새싹 채소의 원조로 영양 면에서 버릴 것이 없다. 싹이 트면 여러 가지 비타민, 단백질, 무기질이 많고 비타민 B1, B2 함량도 높다. 특히 비타민 C가 기하급수적으로 터져 나와 해독작용을 한다. 콩나물의 어떤 성분이 얼마나 좋은지 지금은 많은 연구를 통해 분석이 끝났지만 내가 어릴 때는 모를 일이었다. 발아의 신비를 옛날 어른들이 어떻게 그렇게 잘 깨달았는지 신기하기만 하다.

콩나물은 수줍은 듯 검은 보자기를 뒤집어쓰고 꼭꼭 숨어 물 줄 때만 얼굴을 살짝 보인다. 하루 네 번 정성을 다해 주는 물을 먹고 뿌리를 내리더니 닷새 만에 먹기 좋게 자란다. 처음 해보는 일이라 이틀간은 두 시간마다 물을 주었다. 새벽 두 시에도 일어나 주었다. 물은 밑으로 다 빠져나가건만 조심스럽게 보자기를 열어보면 어떤 콩은 클레오파트라처럼 비스듬히 옆으로 누워 뿌리를 내리고 어떤 콩은 군인처럼 씩씩하게 직선으로 뿌리를 내리며 자란다. 서로 갈 길을 양보하며 주인이 주는 물도 사이좋게 나눠 먹다가 엿새 만에 드디어 빤짝 자태를 드러냈다. 며칠간 비슷한 장면의 연속 같으나 똑같지는 않다. 정결한 모습이 시집 가기 전 신부 같다. 상점에서 파는 콩나물은 잔뿌리가 적은 데 지난번 소쿠리에서 길렀던 콩나물은 가늘고 뿌리가 길었다. 이번엔 작은 구멍이 난 화분에 천을 깔고 콩을 넣었더니 약간 통통하고 뿌리도 짧고 콩머리도 깨끗하다. 물을 바가지로 부어도 먹을 만큼만 먹고 밑으로 흘려 보내니 욕심을 부리지 않아 썩지 않는 것 같다.

친구에게 콩나물밥 점심을 먹으러 오라고 전화를 했다. 한걸음에 달려왔다. 콩나물밥 짓는 구수한 냄새가 골목 어귀까지 난다며 활짝 웃는다. 화분에서 키운 실파를 송송 썰어 간장에 넣고 양념장을 만들었다. 길로이(Gilroy)에서 사 온 마늘과 친구의 시누께서 보내준 고춧가루, 어제 새로 사 온 참기름에 새로 볶은 깨소금까지 넣으니 맛이 일품이다. 고슬고슬하게 지은 따끈한 밥에 콩나물을 비비니 칼칼한 맛이 혀를 춤추게 한다. 오감이 즐겁다. 집에서 길러서인지 콩나물 머리의 고소함이 더욱 맛나다.

요즘 산해진미로 차린 손님상은 흔하다. 그러나 김치 하나만 내어놓고도 기분 좋게 먹을 수 있는 상은 흔치 않다. 친구는 근래에 이런 점심은 처음이라며 좋아 어쩔 줄 몰라 한다. 집에서 기른 정성 때문일까? 다른 반찬이 없어도 귀한 밥상이 되었다.

우정도 그리 많은 것을 필요로 하지 않는 것 같다. 한 사람의 몸과 마음을 물처럼 부어 키운 콩나물로 만든 비빔밥 같은 것 하나로도 충분하다.

어제가 백로였다. 풀벌레 소리가 들렸다. 친구를 배웅하며 올려다본 보름달이 환한 게 웃는다. 해바라기 같은 친구의 얼굴을 닮았다. 뜨거운 여름엔 올 것 같지 않던 가을이 성큼 다가오는 것 같다. 함께 나눈 콩나물비빔밥 향내가 우리 우정처럼 깊다.

(2017. 9.)

파 한 단의 가치

✦

보슬비가 내린다. 올해는 유난히 안개가 잦다. 여행 온 친구와 함께 한국 시장에 갔다. 야채부에는 봄채소가 가득하게 눈에 띈다.

발길이 채소 앞에 섰다. 싱싱한 파에 눈길이 머문다. 세상에. 비쌀 때는 천정부지로 한 단에 99센트 하던 팟값이 열 단에 99센트라니. 친구가 한국에서는 팟값이 금값이라 사 가고 싶다며 웃었다.

아이들이 결혼하여 다 떠나 부부만 살기에 식료품 할인 판매도 그림의 떡일 때가 많다. 사 와서 미처 해 먹지 못할 때가 있기 때문이다. 그런데도 오늘은 파 앞에서 발길이 떨어지지 않는다. 너무 싸서 미안한 마음마저 든다. 아무리 생각해도 그냥 지나치면 수고한 손길로 가꾼 농부에 대한 도리가 아닌 것 같다. 파를 쳐다보며 굴 섞어 파전도 지지고 파김치도 담가야겠다고 생각하며 집어 들었다.

머리 실 가닥 같은 파뿌리가 땅에 거꾸로 박혀 있다가 우리 손끝에 온다. 깨끗이 씻고 다듬어 도마 위에 누이면 뻣뻣하게 서 있던 모습을 벗어 버린다. 갓난아기 목욕 후 뽀얀 우윳빛 살결처럼 파 밑 대가 참 깨끗하고 예쁘다. 동그란 파 머리 쪽을 썰다 보면 겹겹이 싸인 것이 베일에 싸인 처녀 같다. 파 향기도 독특하여 뭐라 흉내 낼 수 없는 매력적인 맛난 냄새를 풍긴다.

오래전 시어머니로부터 반찬 만드는 법을 배우던 때가 기억난다. 파 한 단으로 음식 만드는 법을 하나씩 배워가는 일은 재미있고 신기했다. 어머님은 파 써는 일을 제일 먼저 가르쳐 주었다.

파전, 팟국, 파김치, 파무침을 만들면 맛이 기가 막힌다. 다듬는 일로 손이 많이 가는 쪽파는 양념장을 만들면 별미다. 쪽파와 굴을 섞어 전을 부치면 그 맛 또한 빼어난다.

파는 참으로 여러 곳에 쓰인다. 버릴 것이 없다. 뿌리부터 줄기 끝까지 다 쓰임 받는다. 동치미에 넣고 삭힌 고추와 마늘, 생강, 배와 같이 어우러진 파 맛은 비교할 수 없을 만큼 오묘하다.

그때 음식을 가르치시면서 어머님은 "무슨 음식이든지 양념을 너무 많이는 넣지 말라" 하셨다. 음식 본 맛을 잃는다고 하셨다. 어찌 음식뿐일까. 과유불급(過猶不及)은 우리네 인생사에서도 지켜야 할 덕목이다. 어머님은 음식 구단에다 인품도 구단, 인생 대 선배시다.

보슬비가 지나간 후 안개가 대지를 감싼다. 오늘은 마음먹은 대로 굴을 섞어 파전도 지지고 파김치도 담가서 친구와 나누어 먹어야겠다. 지난번 내가 아팠을 때 이웃집 권사님이 끓여다 주신 팟국의 맛이 혀에 돈는다. 이참에 팟국도 끓여야겠다. 새파랗게 생기가 돋은 파를 많이 사 온 것이 오랜만에 잘한 일 같다.

(2017. 3.)

너무 예쁜 너, 무

하얗고 갸름한 네가 예쁘다. 통통한 너도 예쁘다. 못생긴 너도 예쁘다. 근데 예쁜 너에게 내가 왜 이러니? 너를 왜 칼로 다스리느냐고!

하얀 몸이 단단하다. 빛깔이 깨끗하다. 너무 예뻐 그냥 둘 수가 없다. 목욕을 시키고 도마 위에 눕힌다. 바둑알만 한 크기로 자른다. 아프다고 소리쳐도 소용없다. 너를 내려다본다. 온몸에 소금을 뿌린다. 빨간 고춧가루도 눈가루 폭풍처럼 뿌린다. 쓰리고 맵고 아프다. 짜디짠 새우젓, 매운 마늘, 쓸쓸한 생강과 파, 설탕도 뿌린다. 아! 고통이다. 숨이 죽었다.

너는 깍두기.

반으로 자른다. 그것도 부족하여 소금을 온몸에 뿌린다. 너는 눈이 아프고 몸이 가려워 죽을 둥 살 둥이지만 미안하다. 그래도 너를 너무 좋아하거든. 병에 넣고 눌러 담는다. 소금물을 들이붓는다. 염전에 빠져 고통 한다. 찌그러지다 못해 색깔이 누렇게 변한다. 한 달 뒤에 만나자.

너는 짠지 무.

칼로 납작납작 썬다. 소금을 살살 뿌린다. 홀로 외로울 것 같아 배추 친구 불러들인다. 입도 벙긋 못하게 절인다. 배 미나리 실파 마늘 생강

빨간 고추 얇게 저며 동무시킨다. 저린 후 씻기고 간간한 소금물을 붓는다. 미안하다.

너는 나박김치.

하얗고 깨끗하고 갸름하고 동글하고 뚱뚱하고 보름달 같은 너.

목욕부터 시킨다. 도마 위로 올린다. 굵게 채를 친다. 많이 아프겠다. 며칠을 햇볕 아래서 울고 또 운다. 일광욕으로 쪼그라든다. 이젠 아주 몸이 꼬인다. 몸 색깔도 누렇게 변했다.

너는 무말랭이.

잘리고 절여지고 아파야 새로운 맛으로 태어나는 삶의 진리!

(2017. 10.)

등나무꽃 같은 노년

〜✴〜

우리 집 앞 공원은 아담하고 예쁘다. 공원을 빙 둘러 심어진 코랄 트리에는 산홋빛 여린 꽃망울을 아롱다롱 매달았다. 벤치를 덮은 등나무(Goldfinch Purple Throne)는 겨우내 죽은 듯 말라 있다. 생명 있는 것은 반드시 피어난다는 것을 일깨워 주려는 듯 3월이 되면 어김없이 연둣빛 새순을 내밀어 봄의 환희 속으로 들어온다. 그리고는 우아한 보라색 꽃을 피워낸다. 등나무는 수액을 길어 올리느라 쉬지 않고 애를 썼을 터인데도 아무 내색 없이 의연하다.

공원 안 정원 패티오(patio)는 긴 네모 모양이다. 여덟 군데에 기둥이 있고 기둥을 감고 올라간 등나무가 보라색 꽃을 가득 피운다. 그 풍성한 아름다움에 취하지 않을 도리가 없다. 빗살 모양의 지붕과 양옆으로 나뭇잎과 꽃이 늘어진다. 큰 테이블 3개를 덮고도 남을 만큼 그늘은 넉넉하다. 지붕 사이로 햇살이 비쳐 하늘이 드러난다. 말 그대로 한 폭의 그림 안에 서 있는 듯하다.

이렇게 아름다운 공원에 가끔 책을 들고나온다. 등나무 아래 잠시 쉬거나 두어 바퀴 산책한다. 지난해는 부부 동반으로 바비큐 파티를 했다. 올해도 아버지날에 친구들은 식사 자리를 마련했다. 보랏빛 꽃망울이 덮인 지붕 아래서 각자 준비한 맛난 점심과 후식을 먹으며 웃음꽃을 피웠다.

모두 가까이 사는 덕분에 친구들을 자주 본다. 등산도 같이 가고 집을 오가며 식사도 한다. 텃밭에 심은 상추와 풋고추도 나누고 희로애락(喜怒哀樂)도 나눈다. 40년 지기의 오랜 우정을 지킬 수 있었던 까닭은 서로 귀하게 여기며 예의를 지키는 인간적 교감 때문이 아닐까. 하늘의 별만큼 할 얘기가 많은 우리는 모이기만 하면 파안대소(破顔大笑)가 끊이지 않는다.

정담을 나누던 중 한 친구가 라구나비치에서 공연 중인 그림연극 '패전트 오브 더 매스터스(Pageant of the Masters)'를 여름이 가기 전에 구경 가잔다. 문화생활과 품위 유지를 위한 허세도 없진 않겠지만 그래도 일생에 한 번쯤 챙겨보면 좋을 것 같아 함께 가기로 했다. 어떤 명화를 재현해 보이느냐에 따라 해마다 감동이 좀 다를 수는 있을 것이다. 만인의 입에 오르내리는 데는 다 이유가 있는 것 아니겠냐며 표가 비싸더라도 가는 게 좋겠다고 이구동성으로 환영했다.

친구가 인터넷에서 3시간의 눈 노동을 아끼지 않아 좋은 가격으로 표를 샀다. 칠십이 내일 모래인데 우리가 아직 호호 할머니로 보이지 않는 이유는 낭만과 열정이 가득하기 때문인 것 같다. 나이 든다고 뒷걸음질 할 것이 아니라 활동적이고 긍정적으로 사는 것이 잘 늙어 가는 지혜 아닐까. 너무 늦어서 이젠 할 수 없다고 포기하기 전에 남은 삶의 순간과 과정을 감사하며 즐기는 것이 마땅하지 않을까 생각한다. 어쩌면 '패전트 오브 더 매스터스'를 보는 것보다 친구들과 함께 계획하고 그 시간을 기다리는 것이 더 설레는 것인지도 모르겠다.

해가 진다. 노을이 아름답다. 등나무가 수액을 길어 올리느라 쉬지
않고 애를 썼을 터인데도 내색 없이 우리에게 아름다운 그늘을 내어 준
것 같이 인연이 있어 맺어진 아름다운 벗들도 각자의 숨은 인내가 있었
으리라 믿는다. 수고 없이 다가오는 봄이 없듯이 우리도 노후의 삶에
서로 좋은 증인이 되리라. 아름다운 노년의 완결을 위해 열심히 사랑하
며 살아가리라.

(2016. 6.)

친구 남편의 부고

친구 남편의 부고. 눈물이 솟구쳤다. 사랑하는 친구가 떠난 게 아니니 그나마 위로로 삼아야 하나. 그렇게 생각해도 흐르는 눈물은 어쩔 수가 없다. 오랫동안 병상에 있었지만, 막상 소식을 들으니 안절부절못하겠다.

착한 분이 그렇게 쉽게 가다니. 가슴 저 밑에서 눈물이 고였다가 불쑥 솟구친다. 친구 남편은 착하고 순수하고 진실했지만 늘 외로워 보였다. 아주 가끔 웃음을 살짝 보일 뿐 말수가 없는 것이 고독을 안고 사는 사람 같았다. 눈을 감기 전, 친구는 남편의 귀에 대고 말했다. 사랑하고 용서하고 미안하다고. "비둘기가 보여." 아내의 손을 잡은 남편은 이 말을 남기고 편안한 얼굴로 눈을 감았다고 친구는 물에 젖은 목소리로 임종을 말해줬다.

42년 전 전도하러 다닐 때 처음 만났다. 선해 보였고 실제로도 그랬다. 그 두 사람은 20년 전부터 쉘터의 가련한 여성들을 위해 몸을 사리지 않고 봉사했다. 경제적으로 어려웠지만, 쉘터 가족이 생일을 맞으면 케이크를 사 왔다. 사업실패 후 두 사람에게서는 괴로움이 선연하게 느껴졌다. 그래도 눈빛에서는 꿈이 보였다. 10년 전, 친구 남편은 그라지 세일에서 구한 골동품 시계에 추를 달아 멋진 앤틱 시계로 만들어 우리 집에 걸어주었다. 지금도 시계는 멋진 모습으로 걸려 있다.

친구 부부는 안 보면 보고 싶고, 안 봐도 본 것처럼 든든하고, 만나면 편하게 마음속 이야기를 거리낌 없이 할 수 있는 사이였다. 하지만 친구 남편은 하고 싶은 말 다 하는 사람이 아니었다. 성정이 깨끗하고 늘 말을 참았다.

친구는 눈물은 나지 않는데 숨을 못 쉬겠다고 했다. 슬픔이 너무 깊으면 눈물이 되지 못하는 걸까. 깊은 슬픔이 뼈로 스며들어 송곳처럼 영혼을 찌른 것일까. "사별은 참기 어려운 고통이지만, 그 고통은 우리가 누려온 행복의 일부분이라고 쓴 글이 생각나. 그렇지 그때 우리는 행복을 같이 누렸어." 친구는 독백처럼 말했다.

이제 친구 집 뒤뜰에 작약은 누가 손볼까. 주렁주렁 열릴 대추는 누가 딸까. 철쭉과 소나무 분재는 누가 할까. 아내가 좋아하는 이끼를 사러 엘에이를 오가던 정성은 추억으로 남았다. 선을 베풀고, 나보다 남을 앞에 놓았던 분. 쉘터에 왔던 분 중에 그분으로 인해 오히려 위로를 받는 분도 계셨다. 선한 영향력을 남기신 분.

"친구야. 우리 자주 만나자. 지금 은혜 속에 머물러 있을 때, 만날 수 있을 때 열심히 만나자. 앞일을 누가 알 수 있겠니. 날마다 찾아오는 아침이 선물이고 감동이고 기적이잖니. 우리 아침마다 새롭게 태어나자. 살아 있다는 것은 위대한 것이니까. 살아 있기에 새봄을 맞이할 수 있는 기적을 이 시간에도 누리자. 매 순간을 즐겁게 살자. 살아있는 것으로 족하잖니."

(2019. 1.)

가난한 부자

～❦～

내게는 참 좋은 친구가 있다. 알고 지낸 지도 강산이 4번 바뀌었다. 그녀를 처음 만난 것은 내가 전도하러 다닐 때였다. 빠끔히 열려있는 아파트 문 사이로 고뇌로 가득 한 얼굴이 보였다. 초점 잃은 눈빛의 서른을 갓 넘긴 듯해 보이는 부인이 앉아있었다. 아기를 안고 있던 그 처연한 모습이 지금도 선하다. 잠깐 머무는 동안 그녀는 아기의 얼굴만 내려다 볼 뿐 아무 말이 없었다. 쌍둥이 딸을 낳았으나 6개월 전에 한 아기를 하늘나라에 보내고 딸 하나와 6살짜리 아들을 키우고 있었다. 가슴에 아기를 묻은 그녀. 눈물의 꽃다발을 들고 하루도 거르지 않고 묘지를 간다고 했다.

그녀를 안 지 1년 남짓 되었을 때다. 몸이 아파 꼼짝을 못 하고 누워 있을 때 고등어를 굽고 미역국을 끓이고 콩나물을 무치고 김을 구워 찾아왔다. 그녀가 해온 음식을 먹고 나는 자리에서 일어났다. 그 후로 기쁘면 기쁜 대로 슬프면 슬픈 대로 서로 기다리고 반기며 소담하는 친구가 되었다.

그녀는 남편과 함께 히스패닉 직원들을 데리고 쉬지 않고 일했지만, 경제적인 어려움에서 헤어나지 못했다. 가겟세와 봉급을 줘야 하는데 수

금이 되지 않아 주말엔 스왓밋(Swap meet)까지 뛰었다. 열심히 일하는 만큼 부자가 된다면 그들 부부야말로 부자여야 한다고 생각했다. 경제적인 압박감으로 우울증에 시달리면서 사업을 시작한 지 10년. 그동안 얼마나 힘이 들었을까. 어느 날 말없이 그녀의 등을 토닥거렸는데 "아! 내일부터 자유다"라고 외치며 훌훌 털고 일어섰다.

내가 암 수술을 받고 집에서 회복 중일 때였다. 한 달간 매일 새벽에 부부가 밴을 타고 왕복 15마일 거리를 오가며 양귀비꽃 다섯 송이를 병에 꽂아 대문 앞에 두고 갔다. 시련과 좌절을 겪은 사람들이라 인생의 한 경지에 도달한 것일까? 우정의 그 꽃은 내 맘에 영원히 피어 있을 것이다.

그녀는 언제 보아도 가식이 없다. 사업을 그만둔 뒤로 밥에 물 말아 김치와 김만 먹으면서도 좋다고 전화한다. 라면을 먹는 날엔 닭 한 마리(계란) 넣었다고 자랑했다. 세 봉지에 10달러 하는 비빔냉면을 사다 먹는 날에도 특식 했다며 요란하게 전화한다.

그녀는 실개천 같다. 세월이 흘러도 변함없이 졸졸 흐른다. 그 집에는 책이 사방 벽을 둘렀다. 특히 시집을 좋아한다. 시를 읽으면 착해지는 것 같다고. 정호승, 류시화, 도정환, 함인복, 나태주, 정채봉 이들의 시를 특별히 좋아한다.

아파트 뒤뜰이 넓으면 얼마나 넓으랴마는 그녀가 사는 뒤뜰에는 분재로 키운 석류나무, 단풍나무, 향나무, 회양목, 대추나무, 은행나무, 매화, 소나무까지 빼곡하기도 하다. 그리고도 뜰 한구석엔 항아리가 2개가 있어 큰 항아리에는 쌀이, 작은 항아리에는 계절에 따라 감, 곶감, 대추가 들어 있다. 친척 수녀님이 오시는 12월엔 홍시도 들어있다.

그녀의 마음은 무명천처럼 곱다. 삶은 노곤해도 파란 하늘에 떠가는 하얀 구름같이 깨끗하다. 한 달 전, 물옥잠을 대문 옆에 두고 갔다. 쪽지도 있었다. "여름에 꽃 피면 떡 돌려."

마음에 구름이 가득한 날에는 다 안다는 듯 전화나 카톡이 온다. 향긋한 커피 한 잔과 함께 꽃잎 하나 따서 아침 식탁에 올려놓았다고 하면 그것만으로 같이 행복해하는 그녀.

그녀는 심지어 고린도후서 안에 있다. "근심하는 자 같으나 항상 기뻐하고 가난한 자 같으나 많은 사람을 부요하게 하고 아무것도 없는 자 같으나 모든 것을 가진 자로다." 늘 작고 소박한 것으로 행복과 사랑을 만들어 나누는 내 친구. 소중한 사람은 생각 속에서도 곁에 있어 주는 사람이 아닌가.

봄엔 자카란타 같고, 여름엔 물옥잠, 가을엔 은행잎, 겨울엔 홍시 같은 그녀. "마음이 지척이면 천 리라도 지척일 내 친구." 육안보다 심안이 밝은 그녀가 참 좋다. 소유의 한계가 무엇이며 인생을 살아가는 방법이 무엇인지 무언(無言)으로 일깨워 준다.

그 친구의 영혼에 깃든 순전함과 부요가 꿈꾸는 실개천처럼 언제까지나 소리 내어 흐르기를 기원한다.

(2017. 6.)

하이킹

내 마음에는 고마운 사람의 이름이 여럿 적혀있다. 특히 운동하기 싫어하는 나와 함께 등산길을 같이 걸어준 친구들을 잊지 못한다. 15년 전 어느 봄날. 친구가 등산하러 가자며 133번 하이웨이 오른쪽에 위치한 라구나 캐니언 산으로 데리고 갔다. 5월이었는데 들꽃의 아름다움에 마음을 온통 빼앗겼다. 수줍어하며 피는 찔레꽃, 보라색 제비꽃, 동그란 분홍색 몽우리를 터트리는 방울꽃, 옅은 하늘색의 참꽃마리. 하얀색의 봄까치꽃은 싸라기눈보다 조금 더 큰 것이 손녀 원피스에 단추로 달아주고 싶은 충동을 느끼게 했다. 이렇게 많은 들꽃을 같은 장소에서 다 볼 수 있다니 말할 수 없이 즐거웠다.

꽃에 취해 걷는 산행 길은 여러 갈래였다. 가다가 문득 길이 막히거나 낯선 사람을 만나면 어쩌나 걱정을 했지만 가다 보니 모르는 얼굴을 만나도 두렵지 않고 친구가 있어 든든했다. 산 정상을 친구들과 같이 걷는 기분은 말할 수 없이 행복했다. 그리고 일 년 후 예상치 못하게 대장암 수술을 했다. 수술 6주 후부터 다시 하이킹하면서 건강 회복도 빨라졌다. 하이킹은 친구가 준 잊을 수 없는 선물이었다.

자연을 만나고 호흡하면서 그 매력에 빠져 자연이 주는 위대한 선물을 마음껏 누렸다. 자연이 주는 평화로움으로 치유를 경험했기 때문이다. 계절마다 자연은 정직하게 모습을 드러냈다. 여름철 하이킹 때는 소나기를 만날 때도 있다. 질소는 생명에게 최고의 영양소다. 질소는 비를 통해서만 얻을 수 있다니 여름철 소나기는 식물에게 더없는 축복이다.

처음에는 부부 동반으로 하이킹을 시작했다. 그러나 시간이 지나면서 여자들만 남았다. 이사를 하거나 다른 활동으로 참석이 어려워졌기 때문이다. 하이킹을 시작한 지 15년이 지난 지금은 3명만 빠지지 않고 걷는다.

그동안 여러 곳으로 하이킹하러 다녔지만 70대 후반부터 피터스 캐니언으로 정하고 다닌 것이 몇 년째다. 우리에게 잘 맞는 곳으로 집 근처에 이렇게 좋은 산이 있다는 것이 고마울 뿐이다. 걷기 쉬운 평지도 있고 고개 세 개를 넘는, 산티아고 순례 길을 연습하는 트레이닝 코스도 있다. 이 중에서 편한 길을 선택해서 걸으면 된다. 요즘 우리는 고개를 오르는 길은 힘에 겨워 못 간다.

피터스 캐니언의 하이킹을 함께 걷는 친구가 있다는 건 참 따뜻한 삶이다. 아직은 친구들과 많이 즐기며 지내고 싶다. 건강이 허락되는 날까지. 걷고 난 후 즐기는 담소 시간도 참 귀하다. 지금 내가 서 있는 이 땅이 축복의 땅이요 축복의 시간이라 굳게 믿는다.

(2017. 5.)

보석이 되어 가는 친구

많은 사람을 만나도 잊을 수 없는 사람이 있다.

아주 오래전 교회에서 그녀를 처음 만났을 때 말과 행동이 지혜로웠고 자태가 아름다웠다. 그녀의 남편은 사업상 한국에서 손님이 많이 오고 갔다. 자연히 접대가 많을 텐데 불평 없이 해내는 모습이 인상적이었다.

그녀는 남의 얘기를 신중하게 들어주고 분위기를 편안하게 만든다. 그렇다고 침묵만 지키는 것은 아니다. 꼭 필요할 땐 적절한 단어로 의견을 제시한다. 예상을 뒤엎는 예리한 표현과 핵심을 찌르는 말에 감탄하기도 했다.

우리는 저마다 아픔과 고통이 있고 그녀도 예외는 아니다. 명문가에서 태어났지만, 인생의 모든 일이 감당하기 어려웠다. 그러나 닥쳐오는 삶의 고난을 신앙과 지혜로 헤쳐나갔다. 격랑에 떠내려갈 때도 예수를 바라보며 마음을 다잡았다. 어제의 후회는 성장의 거름으로 삼았다. 배가 위태로울 때도 겸손과 인내를 돛대로 올리고 삶의 항해를 멈추지 않았다.

무수한 좌절을 경험할 때 사람들이 아픔을 숨기고 살아가는 까닭은 완벽을 추구하기 때문이다. 자신의 인생을 완전무결하게 만들고 싶은 욕심 때문이다. 그녀는 그렇지 않다. 진실하다. 솔직하다. 그저 하나님의 은혜를 삶 속에서 누리며 열심히 살았다.

행복의 기준은 절대적이지 않아 사람마다 다르다. 남들이 보기엔 아픔이지만 더 겸손하게 자신을 내어놓고 삶의 의미와 목적을 만들어 간다. 좋은 자리를 다른 사람에게 양보하고 자청해서 남들 뒤에 선다.

그녀는 시간을 내어 나이 든 교인들에게 컴퓨터 활용법을 가르치고, 누구나 볼 수 있게 목사님의 설교를 다듬어 게시판에 올린다. 그 귀한 일을 소리 없이 한다. 말 없는 산 같고 푸르고 맑은 하늘 같다. 보석은 불 속에서 단련된다. 원석을 깎아 만든 목걸이를 보석이라 부른다면 나는 그녀를 보석이라고 부르고 싶다.

40년 세월을 지내면서 우리는 간담상조(肝膽相照)하는 사이가 되었다. 물질로 주는 행복보다 가슴으로 느끼는 친근감과 따뜻함으로 다져진 우리. 따뜻한 글을 쓰면서 보람된 삶을 살고 싶다는 나를 격려하고 위로하며 많은 얘기를 나눈다. 현명하고 속 깊고 지혜로운 친구. 그녀의 세월은 고통과 폭풍우로 다듬어진 것이기에 어떤 보석이 될지 설렌다. 그녀가 격랑 앞에 설 때마다 나는 위로한다. 보석이 다듬어지는 것이라고.

인생을 의미 있게 살기 위해 하루치의 기쁨을 소중하게 여기는 그녀는 오늘도 가파른 언덕을 두려움 없이 걸어간다. 달이 뜨면 새벽이 다가오듯 고난의 새벽이 지나면 찬란한 아침이 올 것이다. 그날 아침에 친구는 있어야 할 그 자리에 분명히 있을 것이다.

(2018. 1.)

스스로 단풍이 되어

가을은 기다리던 애인처럼 찾아왔다. 잔잔한 설렘은 삶의 재미다. 속내를 주고받을 수 있는 문우(文友)가 남자들도 운전하기를 꺼리는 구불구불한 길을 운전해 해발 6752 Feet 빅 베어(Big Bear)에 왔다.

애로우해드 호수(Lake Arrowhead)로 들어서면서 단풍의 자태가 조금씩 보이기 시작했다. 우리는 아직 단풍이 되지 못한 단풍을 보고도 소녀처럼 깔깔대며 탄성을 질렀다. 따끈한 맥도널드 커피로 몸을 데우고 호수를 끼고 돌았다. 은물결 호수, 하얀 선착장, 호수 속으로 떨어진 빨갛고 노란 낙엽들, 그림엽서 같다. 그대로 예술이다.

이곳 쇼핑센터는 10년 전부터 죽어가고 있다. 그래도 그 자리를 지키고 있는 조그마한 상점들과 식당이 고맙다. 기독교 서점도 23년째 그 자리에 있다. 해마다 이곳을 찾아 크리스마스 선물을 준비하는 내게는 소중한 곳이다. 언제 보아도 한결같은 주인 여자의 미소는 호수의 은빛 물결을 닮았다. 차분하고 친절한 목소리가 아름답기까지 하다.

조금 더 차를 몰아 '빅 베어 레이크(Lake Big Bear)'에 도착했다. 숙소에 들어와 짐을 내려놓으니 웃음이 쏟아진다. 각자 침실을 정하고 저녁 솜씨를 뽐내는 문우들. 장금이가 따로 없다. 저녁으로 차돌박이를 굽는다. 깻잎에 떡과 무, 부추무침을 올리고, 그 위에 고기를 얹은 뒤, 매운 소스를 바른다. 된장찌개는 덤이라기엔 너무 맛나다. 깍두기와 밑반찬 몇 가지지만 모두 행복에 겨웠다.

우리는 가을 여인이 되어 완전무장하고 별을 만나러 밤 나들이를 나갔다. 화씨 36도까지 내려간 이곳은 춥고 어둡다. 태고의 이야기가 있는 곳. 인간의 신비는 감추는 데 있고 자연의 신비는 드러내는 데 있는 것 같다. 별이 가슴속으로 날아 들어온다. 별을 뿌려놓은 빅 베어 하늘은 영롱하다. 우주가 쏟아져 내린다. 별은 눈으로 들어와 가슴을 누른다. 온몸이 전율한다. 숨쉬기도 힘들다. 가슴이 터질 것 같다. 별빛이 볼을 흘러내릴 때는 "정작으로 고와서 서러워라"라는 글이 실감 난다. 별을 마음껏 즐기고 숙소로 돌아왔다. 우리는 밤을 새우며 이야기꽃을 피웠다.

날이 밝았다. 아우 문우들이 정성 가득한 아침을 내놓는다. 아침에 감자수제비에 누룽지라니. 이렇게 호강해도 되나, 손으로 벅찬 가슴을 누른다.

호사스러운 아침을 먹고 키스 다리(Kissing Bridge)를 한참 건너 빅 베어 호숫가를 거닌다. 눈이 녹아 생긴 인공호수지만, 바다처럼 크고 검푸르다. 이 순간 살아있음에 감사하다. 인생 여정이 어디서 끝날지 모르지만 생각이 통하고 말이 통하고 눈빛으로도 마음을 읽는 친구들이 있어 행복하다. "네가 좋으면 나도 좋은" 사람들과 함께하니 참 좋다.

여정을 끝낸 낙엽은 물 위로 길 위로 내려와 고향으로 돌아간다. 고운 단풍은 없어도 좋다. 우리는 나란히 갈대 속을 걸으며 가을빛에 물들어 스스로 단풍이 된다.

(2019. 10.)

산꼭대기 마을의 부부

ᕉᕽᕽ

벤투라 카운티 산 위, 사방이 확 트인 넓은 뜰 앞에 섰다. 건너다보이는 능선이 많은 이야기를 담은 우리 삶의 굴곡처럼 이어졌다.

웃음이 맑고 순한 권사님은 산 위에 수풀처럼 지천으로 자란다는 열무로 김치를 담고 나머지는 말려 시래기를 만들었다. "열무 말린 거 가져가서 시래기 볶음 해 드세요." 목소리가 냇물처럼 맑고 조용했다.

한 장로님 부부는 〈푸른 초장의 집〉 원장으로 사역할 때 만났다. 사무실까지 찾아와서 전 직원을 위로해 주던 특별한 분이셨다. 검소하게 살면서 세계 곳곳의 선교사들과 소외된 이웃을 도왔다. 예수님을 사랑하는 열정이 꺼지지 않는 불꽃처럼 타오르는 분이다. 두 분은 산 정상에서 하나님을 찬양하면서 한없는 행복을 엮어가고 있다.

두 분은 석 달 전 하나님이 예비하신 산 위 동네로 이사를 왔다. 2월에 이사하셨는데 나무만 한(?) 열무가 잡초처럼 흔하게 뜰을 덮고 있었다. 열무와 잡초를 쳐내는 일상이 얻는 것이 없어 보여도 건너편 하늘 끝으로 보이는 은빛 바다만으로도 보람과 기쁨을 느낀다고 웃으셨다.

내가 하룻밤 머물 방에서는 자연이 큰 창으로 한눈에 들어온다. 창문이 나지막해 자연은 더욱 친근하고 가깝게 다가왔다. 큰 나무 사이로 지나가는 실바람까지 좋아질 거라고 하셨는데 오라고 한 이유를 알 것 같았다.

저녁 식탁에 호박 쌈과 열무김치, 비름나물이 올랐다. 할머니의 손맛이 생각났다. 장로님은 아내가 담근 열무김치만 가지고도 황제의 밥상처럼 즐거워했다.

산 위로 올라갔다. 우리는 빛과 그림자의 조화가 만든 석양의 아름다움에 빠져들었다. 건너편 산등성이에 드리운 노을은 차라리 한 폭의 그림이었다. 우리는 마주 본 서로의 눈빛에서도 행복을 읽었다.

일출이 젊음이라면 산홋빛으로 사라지는 일몰은 늙음일까. 지는 노을은 매일 죽음을 경험하는 경이로움을 느끼게 한다. 석양이 점점 호박빛으로 엷어지다 그 흔적마저 지운다.

하늘은 이제 어둠을 끌어안고 산과 들 위에 앉는다. 이곳이야말로 에덴동산으로 돌아가고 싶은 마음을 채워줄 수 있는 곳이라고 말하며 우리는 웃었다. 영혼을 교감하는 정담을 나눌 수 있는 귀한 벗과 더불어 행복했다.

아직 어둑한 다음 날 아침. 숲 속의 생명체들이 잠에서 깼다. 하나님이 만든 캔버스 위에 어제 그 일몰은 일출로 부활해 동편에서 이글거리며 솟아올랐다. 황홀감에 몸이 떨렸다.

산은 품이 넓었다. 태양은 유난히 밝고 아름다웠다. 빛이 닿는 곳마다 어둠은 사라지고 빛을 받은 산천초목엔 활력이 넘쳤다. 아름다운 세상에 산다는 것은 얼마나 큰 축복인가.

이곳에 와 보라고 할 때부터 힐링을 받을 수 있을 것 같았다. 가고는 싶은데 두세 시간 걸릴 거라는 얘기에 머뭇거리다가 이제야 용기를 내어왔는데 정말 잘한 것 같다.

눈에 보이는 건 산과 하늘, 잡초뿐이다. 세상과는 단절된 것 같은 삶이다. 소박하고 자유롭고 평화가 깃든 삶이다. 여기서 행복은 물질의 풍요에 비례하지 않는다.

산 위의 1박 2일, 그 평화의 시간은 잊지 못할 것이다. 집에 가면 비름나물을 묻히고 시래기를 볶아 먹어야지. 빗살무늬 햇살이 자동차 안으로 쏟아져 들어온다.

(2020. 6.)

chapter **5**

잃어버린
무지개를 찾아서

Woodbury park, Irvine CA

너희도 서로 발을 씻겨라

새벽 2시 30분, 핫라인의 전화벨 소리가 다급하다. 대부분 병원 응급실이나 경찰서에서 오는 것들이다. 고통의 무게에 쓰러진 여성들이 도움을 요청하는 SOS다. 눈물범벅이 된 그들의 눈망울에는 풍랑 속에서 삶의 지표를 잃어버린 불안감이 가득하다.

상처와 두려움으로 떨고 있는 자매들을 안전한 쉼터로 안내하고 새로운 삶을 함께 설계할 수 있다고 얘기하면 그들은 한 줄기 생명의 빛을 발견한 안도감을 느낀다.

사람은 누구나 행복을 찾는다. 행복하기 위해 결혼하지만, 행복은 꽃집에서 예쁜 꽃 한 송이를 사듯 쉽게 얻어지지 않는다. 남편과 아내는 무거운 짐을 나누어지고 사랑하고 아껴줄 때만 비로소 얻을 수 있다.

최근 한 여론조사에서 기독교인을 특정할 단어가 무엇이라고 생각하느냐는 질문에 많은 사람이 구원과 긍휼이라고 답했다. 공감하며 동참하는 자가 진정한 기독교인이라는 뜻이다. 이 마음이야말로 하나님께서 인간에게 주신 가장 고귀한 특징이라고 생각한다. 긍휼은 영혼의 해독제다. 선과 악을 초월한 순수한 마음이다.

얼마 전 큰 태풍이 왔을 때 알게 된 것이 있다. 굵고 오래된 나무도,

뿌리가 깊은 나무도 여지없이 쓰러졌다. 그런데 어떤 나무는 키도 크지 않고 뿌리가 깊지도 않은데 거센 태풍을 버텼다. 땅 밑에서 옆에 있는 나무와 뿌리로 얽히고설켜 있었기 때문이었다.

예수님께서는 우리를 섬기려 이 땅에 오셨다. 유월절에 제자들의 발을 씻겨주시는 모습에서 크게 깨달았다. 시간이 없다고 적당히 씻거나 더 사랑하는 제자니까 더 잘 씻거나 유다는 배반할 자니까 안 씻기거나 하지 않으셨다. 오히려 안타까운 마음에 유다의 발을 더 정성스럽게 씻으셨으리라. 그리고 말씀하셨다. "내가 선생과 주로서 너희 발을 씻겼으니 너희도 서로 발을 씻겨라." 예수님을 볼 때 섬긴다는 것은 본을 보이는 것이고 내가 싫어도 다른 사람이 필요하면 하는 것이라고 생각한다. 또 모든 일을 사람 앞이 아니라 하나님 앞에서 하는 것이라고 믿는다.

생명이 위협받는 고통에서 헤매고 있는 여성들을 구해주시고 25년 동안 한 번도 홀로 두지 아니하시며 함께 하신, 불과 같은 눈동자로 지켜주신 하나님께 모든 영광을 드린다.

너희 안에서 착한 일을 시작하신 이가 그리스도 예수의 날까지 이루실 줄을 우리가 확신하노라 (빌립보서 1: 6)

푸른 눈물의 집

෴

퇴임한 지 2년이 지났다. 〈가정폭력 여성 보호소(쉘터)〉에서 사역하면서 느꼈던 사명감은 아직도 가슴 깊이 남아 있다. 특히 피해자들이 자녀를 데리고 오면 가슴이 무너지듯 아팠다.

"맞을 짓을 하니까 때린다."는 이해할 수 없는 가해자의 논리로 피해자를 세뇌한다. 상담해보면 가해자는 대체로 결혼 전부터 폭력 성향을 보였다. 그러나 피해자는 결혼하고 아이를 낳으면 나아질 거라고 믿는다. 나를 사랑해서 그럴 것이라고 생각하는 경향도 있다.

피해자들은 3개월간 부모 교실(effective parenting)을 통해 마음을 추스르고 자녀를 올바로 키울 수 있는 교육을 받는다. 자기 향상 교육(personal enrichment)을 통해 앞으로 사회에 나가서 지혜롭게 살아가는 방법도 배운다. 가정폭력 인지 교육은 필수다.

부모의 폭력을 보고 자란 아이들은 사랑하는 사람이 휘두르는 폭력을 당연하게 여기기도 한다. 교육을 받은 피해자들은 피해자의 잘못으로 가정폭력이 일어나는 것이 아니며 폭력을 정당화하는 것은 가해자의 핑계임을 깨닫는다. 피해자들은 특히 자녀들에게 어떤 영향이 미칠까 고민한다. 청소년기에 가정폭력을 겪게 되면 나중에 마약중독자나 자살

위험도가 높고 나아가 가정폭력 가해자나 피해자가 되는 확률도 훨씬 높아지기 때문이다.

보호소로 오는 자매들의 대부분은 말수가 적고 마음을 잘 표현하지 않는다. 남편의 억압과 폭력에 길든 생활 습관 때문이리라. 이럴 땐 마음을 쉽게 열지 못하는 처지를 최대한 존중하면서 시간을 갖고 기다려야 한다. 하나님께서 〈푸른 초장의 집〉을 통해 이루실 뜻이 있으리라 믿고 기다렸다. 하지만 보호소를 떠나야 할 때가 되었는데도 보낼 곳도 갈 곳도 없는 이들의 안타까운 사정이 되면 그저 두 손을 잡고 우는 일이 한두 번이 아니다. 그래서 〈푸른 초장의 집〉은 〈푸른 눈물의 집〉이 되기도 한다. 퇴임한 후에도 수많은 자매님의 기억은 마음속 깊이 화석처럼 묻혀있다.

25년간 섬겼던 이들을 다 기억하지 못하지만 살아가는 모습을 계속 전해 오는 분들을 만나 점심도 나누고, 상담도 하며 살아가는 이야기를 나누는 이들이 적지 않다. 소식 없는 분들은 저마다의 형편과 사정이 있겠지만 열심히 살아가고 있으리라 믿는다.

오늘처럼 아지랑이 피어나는 날이면 보호소를 떠나던 자매들의 모습이 떠오른다. 애타는 기도를 가슴에 안고 슬픈 입술을 꼭 깨물고 먼 길을 떠나던… 영원히 못 잊을 모습이다. 그들을 생각하면 내 가슴은 여전히 폭염처럼 뜨거워진다.

(2018. 12.)

바다로 가는 시냇물처럼

　창문을 두드리는 빗소리가 아름다운 연주처럼 들린다. 따뜻한 차 향기 속에서 지난 시간을 되새긴다. 여성 보호소를 거쳐 간 많은 여성과 어린 자녀들. 그들과 함께 울고 웃었던 순간들의 기억이 한편에서 오래된 영화 필름처럼 돌아간다.

　학대와 폭력에 시달리다 어렵게 용기를 내어 쉘터를 찾아온 여성들. 그들의 고통과 눈물은 지난 23년 동안 내 가슴과 머리를 떠나지 않았다. 하나님의 사랑을 받은 자로서 그 짐을 나누어지겠다는 생각으로 시작했던 사역이지만 절대 쉽지 않았다. 늘 어려운 숙제였다.

　사회와 일반인들이 가정폭력 피해 여성들을 보는 편견은 무서웠다. 가정 안에서 일어나고 대부분 외부로 노출되지 않기 때문에 은폐된 채로 반복적이고 지속해서 이루어졌다. 폭력도 잔인할 정도로 심한 경우도 있다. 칼이나 흉기로 찌르고, 담배로 지지며, 목을 조르기도 하고, 덮고 있는 이불에 불을 지르기도 하고, 의자에 묶어 놓고 때리기도 한다. 폭력은 시간이 갈수록 강도가 심해지고 남편의 협박은 그곳을 떠나기가 두렵게 만들어 놓는다. 무섭고 비참한 현실이다.

　이런 고통 속에 있는 피해 여성들의 상처와 아픔을 이해하기보다는 남의 가정사라고 외면하거나 오히려 나쁘게 보는 사람들이 많았다. 피해 여성들은 자신들의 상처에서 생긴 피해 의식 때문에 병들어 자살을 시도하기도 했다. 폭행에 지쳐 가족에게도 말하지 못하는 아픔과 두려움, 한숨과 눈물을 혼자 끌어안고 쉘터를 찾아오는 자매들은 그래도 이곳에서 다시 웃음을 찾아 소망을 만들며 용기를 얻었다. 가족 상담 치료와 가해자 상담 치료를 시작하며 법적인 도움으로 겨우 개선의 모습을 보인 가해자도 집으로 돌아간 아내가 안전하게 느끼고 사는 가정은 0.01%도 안되었다. 그래도 법적인 제재가 있어서 남편에게 상담과 교육을 받게 하여 변화를 유도해 보는 것이 최선의 방법이라 여긴다. 십만 명에 한 명이라도 변화가 있을 때 그때의 보람과 기쁨이란 말할 수 없었다.

시냇물이 모여 강을 이루고 강이 모여 바다가 되기까지 얼마나 많은 것들이 흐르고 넘치고 품으며 흘렀을까. 푸른 초장의 집도 지난 시간의 모든 일을 품고 흘러 여기까지 왔다. 앞으로도, 멈추지 않는 시냇물처럼 사명을 감당해 나가기를 소원한다. 더 많은 교회와 이웃, 후원자의 참여와 응원이 흘러들기를 소망하면서 가정폭력의 상처를 딛고 건강하고 행복한 미래와 가정을 꿈꾸고 있는 많은 이들에게 길라잡이가 되기를 간절히 기도한다. 연못에 연꽃이 피면 향기도 피어나듯 사랑을 나누는 봉사자들이 모이면 새로운 희망의 향기가 날마다 피어날 것이다.

비가 그쳤다. 머리에 피어나던 지난 기억도 가라앉는다. 앞으로도 〈푸른 초장의 집〉은 수많은 이야기를 써 내려갈 것이다. 밝고 희망찬 이야기, 아름다운 회복의 이야기가 마음을 촉촉이 적시리라 기대하며 찻잔을 내려놓는다.

너희 속에 착한 일을 시작하신 이가 그리스도 예수의 날까지 이루실 줄을 우리가 확신하노라(빌 1: 6)   (2016. 7.)

쉘터 뒷마당 이야기

❧

감을 따는 계절이 되면 생각나는 사람들이 있다. 25년 전 처음 쉘터를 개원할 때 홍 권사님은 감나무와 대추나무 두 그루를 선물했다. 권사님 시누가 경영하는 화원에서 특상품을 사 오셨다. 쉘터의 뒤뜰에는 해가 바뀔 때마다 감나무, 대추나무가 풍성히 자랐다. 홍 권사님의 넓은 품처럼.

감나무는 11월이 되면 크기도 굵고 당도가 높은 감을 내놓는다. 사다리를 타고 올라가 꼭대기에 있는 감까지 한 알도 남기지 않고 수확할 정도로 극상품의 맛을 지니고 있다. 시디(CD)를 줄에 묶어 나뭇가지에 걸어 빛 반사로 새들을 나무에 접근하지 못하도록 해도 소용이 없다. 그래서 까치와 다람쥐와 나누어 먹기도 한다.

풍성한 감잎으로 차도 만든다. 5월 가장 햇살이 뜨거운 오전에 어린 감잎을 딴다. 두세 번 깨끗이 물에 씻은 다음 어린 감잎을 그늘에서 2~3일 정도 말린 후 감잎을 잘게 썰어서 찜통에 면포를 깔고 1분 30초 정도 찐 후에는 선풍기로 더운 기를 없애 준다. 감잎을 찌지 않고 보관하면 비타민 C가 파괴되기 때문에 쪄야 한다. 찐 후 말려져 완성되면 감잎을 비닐 팩에 담아 서늘한 곳에 보관한다. 마실 때는 끓는 물을 약간 식힌 후 감잎을 넣고 2~3분간 우려내서 마신다. 쉘터에 거주하는 자매님들은 이 감잎차를 즐겨 마셨다. 마시면 마음의 안정을 얻는다고 했다.

봄이 오면 대추나무에도 새싹이 나오기 시작한다. 품고 있던 겨울을 보내고 오랜 기다림 끝에 보게 되는 푸른 새싹이다. 대추나무도 최상품이어서 알이 굵고 당도가 높다. 수확한 후에는 말려둔다. 추운 겨울 동안 생강을 넣고 끓여 감기 예방차로 즐겨 마신다. 쉘터에 들어온 아기가 백일이 되었을 때 말린 대추와 건포도를 넣고 백설기를 쪄 먹기도 했다.

텃밭에는 야채 가족이 많이 자란다. 파, 고추, 깻잎, 오이, 상추, 토마토, 가지, 부추 등의 야채를 심었다. 야채에 물을 주는 동안 자매님들은 자연을 통하여 많은 치유를 받는 듯 보였다. 힘차게 뻗어나가는 물줄기를 바라보며 울고 서 있던 자매들. 마음은 물과 같은 것. 쏟아지다 일렁이고 쏟아지다 멈추기도 한다. 울다가도 고요해졌듯이.

텃밭은 두더지와의 싸움도 만만치가 않다. 두더지는 상추를 훔쳐 갈 때 밑에서 잡아당겨 뿌리까지 다 끌고 흔적도 남기지 않고 가져갔다. 두더지 박멸 작업을 했지만, 땅속으로 마음껏 돌아다니는 두더지를 어떻게 할 수가 없다. 한 달도 안 돼서 두더지는 옆집 마당으로 다시 나오기 시작하여 우리 집으로 들어와 그해 농사는 망치고 말았다.

쉘터의 풍성한 텃밭을 바라보면 수고한 만큼 거두어들이는 삶의 원칙도 배우고, 때로는 원수같이 닥치는 장애물 앞에서는 아무리 노력해도 막을 길이 없는 실패의 연속도 경험하면서 낙심되는 마음도 내려놓아야 하는 것을 배운다.

앞마당에 물을 뿌리며 소식을 기다리는 마음은 자연스럽게 우체통에 눈이 간다. 지난 세월의 기억이 금방 캐낸 고구마 줄기처럼 줄줄이 올라

온다. 잔디와 텃밭에 물을 유난히 정성스럽게 주던 H 자매는 지금 어디서 아이들과 잘살고 있는지, 감을 유난히 좋아하던 애린이(가명) 엄마도 잘 지내는지, 밑반찬을 잘 만들던 P 자매는 아들이 원하던 대학으로 떠났는지, 고추와 오이장아찌를 잘 만들던 K 자매님은 디자인 회사에 취직하였는지 궁금하다. 유난히 순진하여 깔깔대며 웃던 S 자매의 웃음은 때로 눈물보다 슬프게 들리기도 했다.

많은 분이 어려움을 극복하고 지금도 주위에서 잘 살아가고 있는 것을 보면 감사뿐이다. 부동산 에이전트로 일하시는 분, 옷 수선 샵을 하시는 분, 얼굴 마사지 샵을 하시는 분, 미용실을 경영하시는 분, 피아노 학원을 운영하시는 분, 북가주에서 미술 박사과정에 있는 자매님은 명절에는 기차를 타고 오기도 한다. 삶의 어려운 수풀을 힘차게 헤쳐 나온다. 인생의 두 갈래 길에서 올바른 선택으로 성공하며 살아가는 모습이 대견하다.

2016년, 올해로 퇴임한다. 푸른 초장의 집 원장으로서 보람된 일을 이루어 갈 수 있도록 그동안 좋은 동역자들을 많이 만났다. 후원자들의 아낌없는 성금과 사역자들의 희생 봉사가 큰 몫을 했다. 헌신으로 이루어진 푸른 초장의 집, 학대받는 여성들의 쉼터에서 상담과 교육을 하며 고통당하는 여성의 전화를 24시간 받으며 지나왔다. 수많은 역사를 담은 25년은 허물 많고 부족한 내가 온몸과 마음을 바쳐 일했기에 내 가슴은 영원히 그곳에 머물 것이다.

그네 타기를 좋아하던 에스더(가명), 달리기를 잘하던 준희(가명), 그림을 잘 그리던 제임스(가명)가 오늘따라 유난히 보고 싶다. 모두가 건강하길 간절히 기도한다.

(2016. 12.)

우레비 속에 찾아온 봄

〜❀〜

우레비가 내린다. 마운틴 볼디(Mt. Baldy)에 눈이 내려 먼 산꼭대기는 하얀 모자를 썼다. 바람이 차갑다. 그래도 며칠 지나면 봄 안개가 천지를 덮고 아름다운 봄꽃들이 봉우리를 터뜨릴 것이다.

해마다 2월 이맘때가 되면 그녀가 생각난다. 안개비가 아련히 내리던 날이었다. 쉘터를 찾아온 그녀는 분노로 두 볼이 벌겋게 달아올라 있었다. 남편에게 폭행을 당한 그녀에게 쉘터(Shelter)가 안전하겠다는 경찰의 조언을 듣고 딸들이 어머니를 데리고 왔다.

상담이 끝나고 사무실을 나와 쉘터로 가는 동안 그녀는 성난 파도 같았다. 입소한 지 사흘이 지나서야 방문을 열고 나왔다. 마음이 안정되었는지 비로소 천천히 입을 열었다.

그녀의 엄마는 그녀가 여섯 살 때 재혼하였다고 했다. 새 아버지는 술만 먹으면, 핑계를 만들어 모녀를 사정없이 때렸다. 그녀는 "엄마 왜 이렇게 살아. 여기서 살지 말자."며 졸랐지만, 엄마는 울기만 했다고 한다. 엄마는 그때 어떤 심정이었을까. 다른 선택을 할 수는 없었을까. 백번도 더 생각했다고 했다. 자기도 지금 엄마의 그때와 똑같이 살고 있다면서 올바른 길로 인도해 달라며 흐느꼈다.

그녀는 계부 밑에서 사는 게 힘들어 일찍 결혼했다. 결혼 생활은 힘들었다. 미국에 온 뒤로는 온종일 남편이 직장에서 돌아오기만 기다렸다. 영어도 못 하고 운전도 못 했다. 시장, 병원, 쇼핑가는 일을 모두 남편에게 의지해야 했다. 남편은 집에 들어오면 술을 마셨고 쉬고 싶은데 일을 만든다며 소리를 지르며 물건을 던지고 주먹을 휘둘렀다. 마음엔 점점 분노가 쌓였고 병이 생겼다. 결혼한 지 25년. 미국 온 지 5년 만에 이혼하자고 말했다가 얼굴이 찢어지고 팔이 부러질 정도로 맞았다.

보호소로 들어온 후 그녀는 간단한 영어를 배우기 시작했다. 고등학교를 졸업했지만, 미국에 온 후 가정주부로만 살아 영어를 말하거나 배울 기회가 없었다. 그런 만큼 더 열심히 필요한 모든 것을 배웠다. 전화로 병원 예약하는 법, 버스 타고 혼자 병원과 은행가는 법, 수표 쓰는 법을 배웠다. 막상 해보니 자신감이 들었다. 처음으로 밝게 웃었다. 행복해 보였다. 보호소에 온 지 석 달 만에 그녀는 집에 가고 싶다고 딸에게 전화했다. 그렇게 쉘터에 마침표를 찍었다.

집으로 돌아가고 넉 달 만에 소식이 왔다. 잘 살고 있다고 했다. 이제는 남편에게 기대지 않고 혼자 버스를 타고 병원과 은행, 마켓을 오간다고 했다. 그녀에게는 올 것 같지 않던 봄이 왔다. 오랜 기다림 끝에 온 봄은 더 아름다웠고 향기로웠다. 일하고 싶다고 애완견 미용학교를 소개해 달라고 했다. 이 정도 열정이라면 1년쯤 뒤에는 직장에서 일하는 그녀를 만날 수 있지 않을까. 내게도 희망이 일었다.

쉘터를 떠나든 해 여름. 그녀는 쉘터에 계신 분들에게 드리겠다며 집에서 키운 호박과 오이, 가지, 풋고추를 가져왔다. 슬기로운 그녀는 돌아간 가정에서 살아남았다. 석 달간의 보호소 생활은 눈물 가득한 시간이었지만, 인내와 노력으로 새로운 삶을 열었다. 얼마나 자랑스럽던지.

비가 멈추었다. 오늘은 그녀에게 안부 전화를 해야겠다. 직접 키운 소출을 내려놓고 부끄러운 표정으로 발길을 돌리던 모습이 떠오르며 내 입가에 미소가 핀다. 이제 봄이 곧 얼굴을 내밀겠지.

(2018. 6.)

벼랑 끝에서 핀 꽃의 향기

배꽃이 흩날리는 날이면 생각나는 사람이 있다.

20년 전 바람이 유난히 불던 날이었다. 30대 중반으로 보이는 초췌한 모습의 한 여인이 아이들을 데리고 어둑해지던 오후에 사무실로 들어왔다. 이틀 전 전화로 상담을 했던 그녀다. 아이들의 젖어 있는 검은 눈에서 지쳐있는 모습이 보였다. 커피를 권했다. 잔을 든 손이 힘없이 떨렸다. 커피잔 속으로 커피보다 더 뜨거운 눈물이 떨어졌다. 불안한 얼굴로 엄마에게 반쯤 안겨 눈치만 보고 있던 아이들. 처음 보는 일도 아닌데 가슴이 답답했다.

온 얼굴이 눈물로 범벅이 된 채 상담을 마치고 그 길로 아이들과 함께 Shelter(쉘터)에 입주했다. 매니저에게 3일간은 규칙대로 그녀의 곁을 지켜달라고 부탁했다. 입주 후 흐느끼며 통곡하는 소리가 방에서 새어 나왔다. 꾹꾹 눌린 한이 무게를 못 이겨 빠져나오는 듯했다. 깊은 상실감을 순한 가슴이 감당하기엔 어려웠으리라.

첫날 그녀는 엄청난 이야기를 했다. 이곳에 오면 아이들만 맡기고 자신은 몰래 도망 나와 바다에 투신자살하려고 결심하고 왔다고 했다. 그러나 매니저의 접근 보호를 받아 도망갈 틈이 없었다며 고개를 들지 못

하고 한없이 울었다. 죄책감에 많이 시달렸다고 했다.

그녀는 마음에 맺힌 슬픔과 고통의 이야기를 하면서 가슴을 치며 흐느껴 울었다. 박사 학위를 위해 미국으로 유학 온 남편은 공부 스트레스를 견디기 위해 오락으로 도박을 시작했다. 부모님이 보내주시는 학비는 라스베이거스 오가는 비행기 티켓과 도박 비용으로 탕진하며 도박 중독은 걷잡을 수가 없었다. 폭력과 폭언으로 점철되는 참담한 나날이었다.

남편의 도박을 막아보려 수없이 싸웠지만 이미 이성을 잃어버린 남편은 그녀의 힘으로는 감당할 수가 없었다. 어린 두 아이를 데리고 일할 곳도 없고, 아파트에서는 쫓겨날 처지인데 도박장으로 간 남편은 감감무소식이었다. 주위에 도움을 청하기에는 이미 신세를 너무 많이 져서 고민 끝에 아이들만 안전한 곳에 부탁할 수 있다면 자신은 죽음을 택하기로 마음먹었다고 했다. 통곡하는 그녀를 안고 자식들 앞에 부끄럽지 않게 살아가도록 도와 드리겠다고 약속했다. 한동안 그렇게 흐느껴 울었다. 죽을 각오로 살아보겠노라고 얼룩진 얼굴을 들어 약속하던 그녀를 품에 안고 등을 쓸어내리며 희망을 잃지 말라고 위로하면서 나도 울었다.

쉘터에 있는 동안 아이들은 정부가 무료로 제공해주는 헤드 스타트 (Head Start) 프로그램으로 학교에 다니게 되었다. 그녀도 기술학교에 입학하여 미용기술을 배우기 시작했다. 보호소를 떠나기 전 상담을 마무리하며 자신이 보호소로 올 수 있도록 기회를 준 것에 진심으로 고마워했다. 보호소를 떠나던 날 같은 처지에 있던 사람들도 새 삶을 응원하며 조촐한 선물도 준비하여 축복해주었다. 시집가는 딸처럼 이불, 밥솥 등 이것저것 챙겨주었다. 새 삶을 향해 떠나는 뒷모습을 보며 부디 잘 살아가기를 얼마나 간절히 바랐는지 모른다. 그녀는 극빈자 보조금으로 보호소 근처에 방을 구했다고 했다. 파트타임으로 직장 생활을 시작하면서 가끔 소식을 전해왔다. 힘든 생활 속에서도 씩씩하게 살아가고 있다고.

며칠 전 어머니날에 그녀가 카드를 보내왔다. 반가운 마음에 서둘러 카드를 열었다. 아들과 딸은 인턴으로 일하고 있다며 감사의 인사와 안부를 전했다. 그녀 또한 피부 미용실 원장이 되어 이십 년의 모든 고난을 이겨내고 자리를 잡고 산다고 했다.

배꽃 향기처럼 바람에 실려 온 그녀의 카드를 책상 위에 세워 놓았다가 다시 읽어본다. "원장님께서 '어차피 떠나갈 불행에 붙들리지 말고 다가올 미래의 행복을 기대하며 살아야 해요.' 하던 말씀 기억합니다. 그래서 오늘도 작은 것에 행복을 느끼며 감사하게 살아갑니다. "편지는 그렇게 끝을 맺었다.

그녀의 모습이 떠오른다. 그때 그녀가 아이들과 상담소로 올 생각을 못 했더라면… 그때 자식들만 맡기고 극단적인 선택을 했었더라면… 그러나 그녀의 삶이 든든하게 뿌리내린 것에 감사하고 흐뭇하다. 보람을 느낀다.

눈부시게 푸르른 청잣빛 오월이다. 마음 한가운데 무겁게 자리한 채 영원히 지워지지 않을 것 같던 아픔의 이야기들, 마음의 상처를 위로하듯 어디선가 배꽃 향기가 그윽하다. 붉은 노을이 이글거리던 늦은 오후에 슬픈 입술을 꼭 깨물고 찾아왔던 그녀. 더 많이 도와주지 못한 미안한 마음이 그녀를 생각 속에서 다시 한번 안아 보게 한다. 오랫동안 간직하고 있던 우울한 기억들이 바람에 날려가는 것 같다. (2017. 6.)

앙상한 가지에 돋아난 새순

며칠째 비가 내린다. 가지에 붙어 있던 몇 안 되는 잎도 비바람에 다 떨어졌다. 퇴임 후 많은 이야기가 기억난다. 앙상하게 선 나무를 보면 그들이 더욱 떠오른다. 그들의 슬픔과 회복된 이야기가 살아난다.

세상이 공평하지 못하다. 이것을 모르는 것은 아니지만 상담하는 입장에서 가장 이해할 수 없는 사람은 가정폭력 가해자다. 가해자는 핑계를 만들어 육체적으로, 정신적으로 피해자를 학대한다. 언어폭력은 말할 수도 없다. 속수무책으로 당할 수밖에 없도록 피해자를 세뇌한다.

4월 어느 날, 병원 정신과에서 전화가 왔다. 퇴원하는 가정폭력 피해자가 있는데 갈 곳을 찾는 전화다. 잠시 망설였다. 우리는 상주 간호사와 의사가 없어서 정신과 환자를 받지 않았다. 소셜 워커는 가정폭력 피해자 여성이 자살을 시도했으며 정서적으로 불안정한 상태라고 했다. 가해자가 심한 의처증으로 칼을 휘둘러 피해자는 두려움에 떨고 있었다.

짧은 상담이지만 고통이 전해졌다. 어둠에 갇힌 인생이었고 죽음 직전에 자식들과 살아야겠다고 결심한 것이 보였다. 자살을 선택할 수밖에 없었던 피해자의 간청은 애절했다.

다음 날 아침 커피숍에서 그들을 만났다. 아들과 딸은 중학생이었다.

딸은 인터뷰 내내 슬픔과 불안감에 차 있었고 아들은 엄마를 원망하는 눈초리로 분노가 가득했다. 가족들은 어젯밤 모텔에서 잠들지 못했을 것이다. 아이들은 15년간 반복되는 가정폭력을 보고 자랐다. 엄마는 하룻밤만 지나면 쉘터로 가야 하는 형편을 설명했을 것이다. 가슴이 얼마나 미어졌을까. 표정에 수많은 애환이 보였다.

아들은 쉘터(Shelter) 대문을 열고 들어설 때 내게 적개심을 보였다. 미워하는 모습이 역력했다. 이해가 충분히 된다. 아이들은 바로 새로운 학교에 입학했다.

가족은 쉘터에서 3개월을 지내다 중간 보호소(Transitional living center)로 옮겨가 그곳에서 8개월을 지난 뒤에 아파트를 얻어 독립하였다.

극한 상황을 기도와 희망으로 견디어 냈다. 엄마는 믿음과 소망으로 삶을 개척했다. 같은 교회를 다니던 장로님 내외분이 이들이 가정폭력에 시달리는 것을 보고 정신적인 버팀목과 경제적인 조력자가 되어 주셨다. 지친 피해자가 더는 견디기 힘든 상황일 때 고맙게도 힘을 보태주셨다. 다행스럽게 그녀는 전에 일하던 직장으로 복귀가 되면서 가족은 안정된 생활을 시작했다. 쉘터 가족들이 비치로 소풍 간 날, 그녀는 태평양이 실어 나른 고운 모래를 밟으며 "낙원에 온 것 같아요, 자유예요, 숨이 멎을 정도로 행복해요." 하며 기쁨의 눈물을 흘렸다.

지금 아들과 딸은 대학에서 열심히 공부하고 있다. 엄마도 직장에서 승진하여 부족함 없는 위치에서 일하고 있다. 아들은 나를 미워했던 때를 기억하는지 만날 때마다 겸연쩍게 웃으며 꼭 안아준다.

엄마는 촛불처럼 자신을 태우며 살고 있다. 오늘도 직장 일이 끝나면 같은 아픔을 겪는 여성들이 있는 곳으로 달려간다. "고난의 세월과 연단을 통하여 어떻게 살아야 하는지 알게 되었어요. 같은 처지에 있는 쓰러져 가는 여성들을 도와야 해요. 그들은 너무나 외롭고 도움이 필요하니까요." 그녀의 가슴에 어느새 봄이 가득 담겨 있다. 앙상한 가지에 새순이 돋아 있었다.

(2017. 1.)

비비추꽃, 고난을 이긴 아름다움

　얼마만의 기쁜 소식인가. 3월의 그 꽃소식. 엘니뇨 예보를 비껴간 남가주는 대지가 메마르다. 절수령(折水領)이 내린 지 오래니 오죽할까. 그래도 계절은 어김없이 꽃소식을 전했다. 어느 집 앞뜰에 자목련이 피었나 싶더니 가로수 배꽃 나무도 싸라기눈 꽃잎을 흩뿌렸다. 그것을 본 것만도 매우 기쁜데 잊고 있던 비비추꽃 향연 초대는 기다리던 희소식이다.

　'겨울이 길면 봄이 멀지 않다'라던 그 말이 내겐 참 오랜만에 몸으로 느껴진다. 계절의 순환 질서처럼 인간의 삶의 순리에도 위로를 주기에 깊은숨을 몰아쉬게 된다. 아무리 급하거나 슬픔이 있어도, 기쁨이 있어도, 사정과는 상관없이 흘러가는 시간이 때로는 마음 아팠다. 그래도, 그 시간의 흐름 속에서 사람들의 아픔과 슬픔, 후회와 상처까지 품고 보듬으며 함께 했던 시간이 소중하고 감사하기 이를 데 없다. 백지장도 맞드는 마음으로 그늘진 곳의 내 작은 소임을 맡아온 지도 23년이 다 됐다.

　작년 3월, 한 결혼식에 초대됐던 장면이 파노라마처럼 떠오른다. 새 가정을 이루는 신혼부부를 축하했던 나는 목이 메었던 감동을 억누를 수 없었다. 20여 년 전 일이지만 기억은 생생히 떠올랐다. 그때 올망졸 망한 자녀 3명을 데리고 절박한 심정으로 쉘터를 찾아왔던 그 엄마가 큰딸 결혼식에 나를 초대하고 가족 테이블로 안내했다. 그 이전 그녀 남편은 물불 가림도 없이 걸핏하면 폭언을 퍼붓고 폭력을 행사하여 견디 다 못해 생명 같던 어린 자녀 3명을 데리고 쉘터로 들어와 지냈던 때가 어제인 듯 눈에 선하다.

한순간의 반성은 진정한 회개엔 이르지 못하고 재생 반복되는 것이었 다. 남편의 간절한 용서와 다짐을 받고, 주변 친지들 권유도 있어 그녀는 한 줄기 희망을 의지하고 다시 집에 들어가 새 삶을 시도했다. 그래 넷째 아이까지 출산했다. 그럼에도 바람불은 뒷날은 오래가지 못했다. 분노 조절이 안 되는 배우자 폭력은 관광지 옐로스톤 간헐천(Old Faithful Geyser)을 닮은 것일까? 지하에 뜨거운 물과 증기, 가스가 차면 주기적 으로 솟구쳐 올라 치유가 어려웠다. 어느 날 그녀는 자녀 4명을 차에 태우고 집에 들어왔을 때 야구 방망이로 차 유리창을 부수는 폭력을 더 견디어 낼 수가 없었단다.

그 자리서 4자녀를 데리고 집을 나왔다. 한동안 그녀는 상담과 치료 를 받은 후 부부 사이는 이혼으로 정리됐고 그녀는 자녀 4명을 키우느라 이루 말할 수 없는 각고를 겪어야만 했다. 어느 오페라 아리아에 '여자의 마음은 바람에 갈대'라고 연약함을 노래했지만, 엄마는 강하다는 말이 다시 한번 실감했다. 그 힘의 원천을 살피다 말고 내 시선이 설핏 창밖 작은 화단에 머물렀다. "아 저기 그." 여태 못 봤던 그 엄마와 4자녀의 얼굴이 눈앞에서 보는 것처럼 그려졌다.

겨우내 숨어있던 땅 밑 뿌리가 새순을 한 뼘 넘게 밀어 올려 자홍색 비비추꽃을 피웠다. 진하지도 탁하지도 않은 천연의 빛깔. 청순한 이미지가 얼마나 아름다운지, 환절기 바람이 세차게 불어대도 세상 먼지 따위는 꽃대 표면에 미끄러지듯 함부로 가까이 다가서지 못했다. 그만한 꽃 자태면 밑뿌리도 한 점 흐트러짐이 있을까. 지난해 은사 댁 뒤뜰 화단에서 뿌리를 떼어 옮겨 심은 터라 살펴봐서 알고 있다. 생강 뿌리를 닮은 뿌리는 연결된 마디마디 잔털이 틈새를 싸고 있었다. 그녀도 4자녀를 키운 엄마라서 비비추꽃 같은 한 가족사의 밑그림이 돼 눈에 꽉 차 왔다.

비비추꽃은 겉모습만 봐도 쉬이 꺾기거나 쓰러질 화초가 아니다. 쑥대처럼 꽃대 모가지가 길긴 해도 꽃받침은 접시꽃처럼 넓이를 키우진 않는다. 가뿐한 중량대로 꽃을 피우기 때문에 세찬 바람도 단단한 꽃대가 바람 따라 좀 흔들릴 뿐, 이내 용수철 같이 튀어 올라 똑바로 선다. 우리가 가진 것, 말과 행동, 감정도 넘치거나 모자라지 않도록 하라는 뜻일 듯하다. 때로 내 작심삼일에 새 발걸음을 재촉한다. 그 꽃을 보고 있노라면 여운도 현실화가 될 듯하다.

비비추꽃, 그 삶의 얘기가 유사한 고통에 시달리고 있을지 모를 여성들에게 들려져 상처를 치유 받고 남는 힘은 쌓였으면 좋겠다. 그리하여 연약한 사람들이라도 화가 복이 되는 기회를 꽉 붙들고 밝은 새날을 맞으면 얼마나 좋겠는가. 쉬이 꿈을 놓지 않는 사람들이면 올곧고 조화로운 꽃, 비비추꽃 같은 새 삶을 살아보시길 소원한다. 꿈이 현실로 안내받게 되리니.

(2017. 5.)

Like Embroidering,
Like Writing Love Letter

Patricia Young—Ah Uhm by Essays

Foreword

✺

The author's writing is clear as crystal. It makes our spirits clear. The author possesses quiet spirit. Thus, the author's writing is quiet in spirit. Spirit dislikes noise. Spirit enjoys quietness. You will experience the joy of quietness when reading the author's writing.

The author's writing is like a calm lake. Like a calm lake that embraces images of mountain and blue sky, the author's writing embraces beauty of nature. The author's writing is as clear as lake and as bright as the sun. In its clarity and brightness, it clears and opens our eyes brightly. It reveals the beauty that we have overlooked.

You will admire author's detailed observations and outstanding insights. Author's view is not sharp or cold. It is gentle and loving like dove. It is vision in warmth of love. There is temperature in language and feelings. The temperature of author's language and feeling is warm.

Cold-hearted language chills our hearts. Warm-hearted language warms our hearts. The author's writing warms our hearts. Warmth softens things. Hence, reading the author's writing will soften your heart.

The author's language is like fresh spring water that runs clear from a deep mountain. Water close to the earth's surface is muddy. On the other hand, deep mountain spring water is just that, clear spring water. Spring water treats illnesses and heals wounds. Author's spring—like writing will treat and heal our spirit.

The author's spirituality is the spirituality of everyday life. The author expresses wonders of God in everyday life. The author is a worshiper that praises God of His presence and grace in our everyday life. The author's heart is full of thankfulness to God and gratitude toward family and friends. Gratitude begets gratitude. When reading the author's writing, you will be filled with gratitude.

Collection of author's writings have come into the world like jewels. Core of the book is that God is leading us. I recommend this book to anyone seeking to experience healing and heavenly joy.

Kang, Joon—min
Author of Deeply Rooted Spirituality

Preface

❧

Revealing the inner me

Like walking through a garden of love letters, writings from things that filled eyes and ears of my heart are laid out in sequence like needlepoint. My life is the background. On this 50thweddinganniversary,Iwantedtosharestoriesthatcameacross mylifethroughnatureandpeoplethatIhavemetalongthewaywithm ypartnerinlife,mychildren,relatives,churchfriends,friends,and co-workerswhatwasplacedinmyheart.

If these little stories can move someone' s heart like blowing of wind across green grass, I would be happy, as happy as the tears I shed on the day I gave birth to my first born. My heartfelt appreciation goes to those who helped with this publication: Deaconess Sunjung Lee, Director Yuhee Ahn of Central Newspaper (Joong-ang-il-bo), translator Grace Yi, Pastor Junmin Kang' s congratulatory remark, and president Sunwoo Lee of Sunwoo Publications for making this pretty book.

I dedicate this book to my daughters Patty and Christine, sons in law Frank and Nathan, my son Alex and daughter in law Amie, and my six grand children. Especially to my husband, whom I love and respect, who has always been my hands and feet, even while I was serving in domestic violence shelter for 25 years, I dedicate this book.

Welcoming the winter of 2020, In Irvine

Patricia Young-Ah Uhm

chapter **1**

Destiny

Lake Arrowhead, Big Bear Mountain CA

Destiny —Fateful Relationship

Someone started to walk in my heart where no one came. A new path has been created. Destiny is an amazing connection. It binds two people who are on opposite sides of the world into one. They say marriage is the destiny of destinies, but it came suddenly with no time to prepare. I didn't know him, but I could not avoid or refuse him. It is a destiny when two people, who met for the first time, open their hearts to accept each other as the most important person in each other's lives and become a married couple. Looking back on 50 years of American life, I was a lead actor on a stage without a script.

Sound of Thunder on Proposal Day

❧

First day we met, our parents left early leaving the two of us behind. We were shy and awkward with not much to say. I could barely ask a question after three cups of coffee. "Why did you come to Korea? Business or personal…?" He replied quickly. "I am here to get married." I couldn't breath. There was silence. At the end of heavy silence, he took me home. In front of my house he said, "Please marry me." It sounded like thunder. It was a proposal. We only met an hour ago, but why am I so drawn to him? Blushing like persimmon I said, "Please ask my mom!" and ran into the house.

The next day, elder relatives of my family gathered at a Japanese restaurant. They interviewed the prospective groom one more time. The adults felt that he was honest and trusting. That was because they trusted my great aunt who introduced him to me. My husband took a vacation from work in U.S. and needed to return quickly. He said if they would allow this marriage, he would like to proceed quickly.

Engagement Ceremony

On the third day after our first meeting, at the request of my husband, our relatives and friends gathered for an engagement ceremony at Countess Grill restaurant. My great aunt who knew both families well played a big role, but my husband also scored high with my family elders and parents. The groom had brought a ring, cosmetics, and perfume for the bride from U.S.

After the engagement ceremony, we walked the streets of Myeong-dong and entered a fine restaurant with live music. We took a breath, ordered food, and waited. He asked, "Shall we dance?" I was embarrassed. "I have never danced." After a moment of silence, he asked to dance again. I replied with sulky voice that I never learned to dance. "Just follow my lead." He asked again. I was so embarrassed and burdened that I was in a verge of tears. After asking three times, he seemed to give up.

I was very sheltered growing up and I didn't even know my way around the neighborhood. I have never been to the movies, meetings, club meetings, traveling, or even cafes with friends.

When I entered college, my tutor took me to Dolce Cafe to commemorate. That was the extent of it.

After dinner, he made a second thunderous comment while drinking coffee. "If you had been a good dancer, I was going to break the engagement." That was the thought behind his question. He said he learned to social dance before emigrating in hopes that it would help him with life abroad. That's when he saw many men and women learning to dance fell into infidelity.

Wedding Ceremony

❧

The news that I was getting married spread quickly. My friends were excited and said that the gentle cat climbs the kitchen range first. Everyone was stunned to hear that the girl who seldom came out of the house and didn't date any man was getting married.

On the seventh day after my husband and I met, February 7th, the second day of the lunar calendar, a month before my graduation, we were married. I remember his trembling hand when my hand in white glove was placed on his. Like the falling snow of that day, a man's life came into mine. It was a day after New Year's Day and all the shops were closed with no one in sight. All the shop owners and the workers were gone visiting their hometown. Even beauty salons and dressmakers were all closed. I heard that the lady owner of Lamer Dressmaker, who had made clothes for me since my childhood, spent all night trying to make my wedding dress. The hair salons were closed. I had to ask a friend's sister, who worked at the Grand Hotel hair salon, for help. Flower arrangements and bouquets were made from flowers already in the hotel.

I was the first to get married among my friends, the first to enter into school called the World. Many of my school friends came to the wedding with much curiosity. Many relatives came despite the short notice. In hindsight, this was probably a big burden for them. They should have been home spending time with their own family in New Year tradition; instead they were spending their New Year at a wedding. I'm sure, how could they not attend our family's first wedding.

The groom wanted to go to Jeju Island for a honeymoon, but the airplanes were kept from flying due to typhoon. Instead, we went to Walker Hill Hotel in Seoul. We held each other's hands awkwardly for the first time. As we ate dinner together, we gradually became comfortable. When I woke up early the next morning, everything was covered in white snow. Reflected morning sun on snow-covered ground was blinding. My uncle and aunt called to bless me. After returning from the honeymoon, we stayed at my house for a few days. My husband returned to U.S. the next day after attending my graduation. I wondered how each of us would remember this February.

I naively thought that a wedding was a completion of marriage, not knowing that it was just a beginning.

Lesson from My Parents

❦

Sending an immature daughter to marriage, my mother gave me guideline for marriage and relationship.

"A couple should not use separate rooms no matter how much they fight. Even if you sleep with backs to each other, you should always sleep in the same room.

"Be obedient to Mr. Uhm, your husband."

"Engrave a person of grace in your heart and your enemy in water."

My father took two chopsticks and leaned them against each other to show me a Chinese character for human.

"Man cannot live alone. Together, you become a perfect person. Heaven brings people together, but its up to people to sustain it." Then he held my hand and hugged me. It is hard to believe how I could have left my parents not knowing how I would live spring, summer, fall, and winter seasons of my life.

My parents' marriage principles have become huge lesson for us, and we don't use separate rooms. There are times when I feel hurt in our relationship, but I try to understand by putting myself in the other's place. Like my father said, I always see couple as one team and I try not to pry into my children's lives after their marriage. Teaching that comes from life experiences is like golden treasure, more precious than anything money can buy.

Farewell to My Parents

The day I left for U.S, my parents and I could not hold back our tears as I bowed to them before leaving home. They held me, touched me, and could not let go of me. On July 10, 1970, my parents, siblings, relatives and friends came to Gimpo Airport to send me off. I walked on tarmac for a while and then looked back, then climbed an air-stairs and headed for America. At that time, I didn't know if I would see them again.

I don't know how much I cried while the plane left Gimpo International Airport and arrived at a stopover in Japan across the East Sea. If I can recall just how much I cried, it's amazing how I could still have tears. When you get married, you leave your home. Time to time I cry longing to return home like a child.

Arrival in United States of America

The day I came to United States of America, I crossed the Pacific Ocean with only the faith in my husband. My husband's family came out to welcome me. My husband and I only glanced at each other without a word. Feeling a bit awkward, I only shared a greeting with my cousin who was studying in the States.

Driving through colorful lights, I greeted my new brothers-in-law and a sister-in-law in the car. When we arrived at my in-law's house, I met elders of my in-law's family, brother-in-law's wife, and oldest sister in-law. What a surprise! My mother-in-law had prepared a table full of Korean food. There were precious side dishes including my favorite dish, stir fried fern (go-sa-ri). She prepared this for her new daughter-in-law. I couldn't even imagine that we would eat Korean food in America! It was amazing.

My newlywed life began with my mother-in-law's devotion and love in unfamiliar United States.

Mother-in-Law's Lesson at Pyebeck
-Wedding Bow

Arriving in U.S., we had dinner at my parents-in-law's house first and then came to our new home. We returned to my parents-in-law's house the next day. It was about 15 minute drive from our home. I sat by the foot of my parents-in-law wearing traditional Korean dress and then shyly gave a big traditional bow.

When I gave my big bow, my mother-in-law showed me a penny.

"This is the most precious thing. Without 1 cent, 9 dollars 99 cents cannot be 10 dollars, and 999 dollars 99 cents cannot be 1,000 dollars. Spend your penny wisely."

My mother-in-law's teaching of caring and cherishing the small things in life was a great lesson in my life. Her wisdom in finance, "Spending what you don't have is unwise, spending what you can afford is frugality", was precious and valuable lesson.

Her second statement was that my husband was not talkative. "While raising your husband, I can count the conversations I had with him with less than ten fingers."

Even my father-in-law said, "Baby bride, you will be a little frustrated." My husband was a man of very little words. He sent me one postcard while he drove for 5 days from Washington D.C. to California. The postcard had one message, "No news is good news." He is like an iron man of solitude. I naturally became closer to my loving mother-in-law than my silent husband when my marriage began.

Episodes of New Bride Mistakes

༄

A naive bride marries and comes to United States. She is a nervous and clueless rookie housewife. Whenever I am reminded of some of the mistakes I had made, I still blush and breakout into laughter.

It was when Pyrex bowls first came out. While waiting for my husband to return from work, I prepared a stew in a Pyrex bowl and put it in the refrigerator. Before I walked to the front door of the apartment to meet my husband, I took out the Pyrex bowl with red pepper paste stew from refrigerator and put it on the stove. When we returned to the apartment and opened the door, the Pyrex bowl had exploded on the gas stove. The kitchen floor and ceiling were covered with red pepper paste stew. I was frustrated. I did not know how to use a Pyrex bowl and made a mistake of putting a cold bowl directly onto a hot stove. "Come out here. The glass can cut your feet. Be careful." My husband called me out of the kitchen. He alone wiped the kitchen floor, walls, and ceiling in sweats. I thought nothing of it at the time, but with passing of time I realized how truly sorry and thankful I am.

I learned how to cook rice from my husband, but I did not know how to make any side dishes. So, I went to my mother-in-law's house to learn to cook. One day in August, I learned to make water kimchee. I bought some ingredients on my way home and made it. I was proud of myself and even called my mother in Korea. I boasted that I would eat it in two days. However, bubbles began to form in the water kimchee bottle that was placed under the sink. Why was this happening? Oops! I added salt when I preserved cabbage, but I didn't add any salt after I rinsed the cabbage. So, kimchi became sour and was bubbling. What am I to do! I poured the kimchi into the sink and grinded it with garbage disposal and my husband said, "If your mother-in-law finds out, you will be kicked out." My face heated up like a fireball. I was shameful but what could I do? I promised myself not to make this mistake again.

My husband and I bought expensive matching yellow cashmere sweaters from Bullock's department store (closed now). We went to the Griffith Park for the first time wearing these sweaters. When we returned home, thinking there was a lot of dust in the park, I washed the sweaters in washing machine with a cup of detergent in hot water and dried them in hot air. When I took them out of the dryer, I was shocked! The sweaters were the size of my hand. Feeling troubled I showed them to my husband. He laughed and said, "I guess I haven't taught you how to use the washer and dryer yet." I cannot forget his kindness.

I placed several dishes in a dishwasher and poured dish soap. I turned on the machine and waited for my husband to return from work at the front door of the apartment. Holding hands, we entered the front door only to discover something horrendous! Suds from the dishwasher was flowing through the kitchen floor to the living room carpet. What an embarrassment! There were so much suds I didn't know what to do. I felt ashamed of causing so much trouble, but my husband said, "Oops, I didn't tell you how to use the dishwasher." Then he rolled up his sleeves, took out all the towels we had, and cleaned the floor. My husband walked on damp carpet for a few days but never said a word about it.

There are lots of stories in the beginning of my marriage of my mistakes. I was a troublemaker. I am tearfully thankful to my husband for handling all of my failures and mistakes and for being my rock in this foreign land. When I thank him, he only smiles without a word. In no time, this newlywed couple began to understand each other.

Couple's Summit Meeting on the Mountain

⁓✑⁓

I enjoy going to mountains or beach to clear my head. I went to Idyllwild for a get away with my friend. This is a good place to visit in autumn. I like to travel with many people. They bring out many interesting conversations like each sharing a well-prepared side dish. I also like to travel just as a couple because of freedom and ease.

With gentle mountainous slopes, Idyllwild is easy to drive. Each slope is abundant with colorful autumn flowers. Meandering along the hillside, we arrived at our lodge. Air is filled with smell of autumn.

Idyllwild is a popular tourist place but also a town of artists. We came out to the streets after unpacking. There are lots of tourists under the hot scorching sun. My eyes are drawn to a pretty little restaurant in the middle of a street lined with stores. The restaurant is decorated with contemporary art and the food wasn't quite up to par to restaurants in the city. It had tasteful decor with aged picnic tables and chairs. I felt happy to have enjoyed somewhat delicious and satisfying food in the middle of mountain. There's certain excitement of being in a new environment.

I retired not too long ago. I wanted to just humbly disappear like salt for the benefit of others. Looking at sun-bleached leaves a few days ago, I wondered if existence could be like nutrient before getting swept away. It was just before this trip to contemplate on my retirement.

My husband and I had a meeting. We easily agreed on the first item, not to live for work but to live for what's really important. We took a brief break seeing that we had differences in opinion with the second item. After dinner, I took a hike alone. I walked through the forest thinking on the item that we could not agree on. This wasn't a struggle of pride, but the difference was huge. Instead of trying to work out the issue, my husband is shutting me down with his authoritarian ways and judgments. He is piercing my heart with things I couldn't see and understand. I always walk fast and he is slow. This wasn't about who was right or wrong, but it was just a difference. I think it was a good idea to take a break and to continue later on. If a meeting between couple is like this, I can only imagine what it must be like in South-North Korea Joint Meeting.

Casually I looked to the night sky. It was a clear night sky filled with Milky Ways and stars, a sight you don't see in a city. Thinking today's worry is for today, I fall asleep anticipating for a new day.

I took a short hike before the sun became too strong. Forest was nice and beautiful. Dozens of trees are giving off scent of dawn. Trees, boulders, forests, mountains, and chirping birds all maintain their spaces as they are. Tourists, just waking up, are grateful for a coffee shop that opened at 6:00am. I drank a cup of espresso. Travel memories are made with each person I meet on the street. Traveling is an essay. Traveling is an art.

I began packing after eating at a pretty little restaurant. As I was hesitating whether to continue or give up on this discussion, my husband yells out while loading our luggage, "There is no better place like here for a summit meeting. Let's have another one in December with our second item on agenda." I'm not sure whether he just wants to return for a vacation or actually have a meeting, but it was nice and relaxing to spend time with my husband after retirement. I felt we understood each other's opinions. As we leave, today will become history, and soon December will become today. How will we agree then? In daylight, the moon forgets to go home and is hung high on the mountain top smiling at me. Idyllwild is beautiful like a picture postcard.

10- 2016

My Self Reflection

꿍

I placed radish kimchi that I made with care on dinner table. I asked my husband, "Is radish kimchi good?" but there was no answer. I asked again and he finally answered, "Let's just eat quietly" . I had to ask twice to get this answer. 'Oh! Really. This is not an etiquette.' I was so angry that I thought I would have indigestion. I put my spoon down. It was difficult to manage my disappointed heart. This small wounded pride is particularly painful. The disappointment in my heart is stifling.

My husband is tender hearted, but he is a man of very few words. Initially that attracted me, but often I am frustrated. However, having lived together for tens of years, his words increased a little each year making it bearable.

As always, he gently starts conversation with me as if nothing happened today. I don't understand. I know I need to open my heart and try to understand, but I cannot today. It's difficult to understand a husband who is cold and ridged. I am pouting with anger over what he said with lips the size of New Year's money pouch.

Love isn't the only reason that we lived together for 50

years. Even though I have affection for him in every corner of my body, I am still upset. How could he be so cold and thoughtless? How long will it take before we can have a warm conversation? How much more patience before we can speak with consideration and with kind words to each other?

I lived with the idea that accepting my husband's personality was a price to pay for the fate that has brought us together, from east to west and over the mountains and across the sea. I realize daily in my head that I need to accept my husband's unique personality, but when the reality hits, I am back to square one and it is a struggle.

Many thoughts cross my mind when I am hurt. When will I overcome this? Knowing that life is to transform ourselves until we die, but my heart still hurts.

They say the most painful thing in running a marathon is a grain of sand in your shoe. It is also a small word thoughtlessly tossed that hurts us. To speak kindly with understanding for others is a virtue. Being able to speak with patience and goodness requires training. The older we get, the more we must care for others and avoid thoughtlessness. We work hard to avoid hurting each other with careless words.

Next day, I take a hike as the sun is rising. Flowers of pomegranate tree are thickly blooming. Even the sounds of birds chirping seem more beautiful today. I want to be happier in this season of life without regrets. (4-2019)

Couple's Manual

It's stressful not being able to read small letters because of astigmatism and old age. I bought a laser printer not too long ago. Without reading the manual, I inserted the ink cartridge and pressed print only to get a blank paper in return. I complained that it was defective and was about to return the merchandise when my husband stopped me. He searched for a moment to find a small clear tape on the side of cartridge and removed it. I thought I removed everything but failed to see the one on the ink cartridge. The printer was fine, but I was complaining because I did not read the instruction.

I was immature when I got married. Within an hour of meeting him, he proposed. Three days later we got engaged and the wedding was exactly a week after we first met. Even to this day, my children say, "How could you?" and laugh at how we could get married without even once holding our hands or kissed. We are not from stone ages, but our families knew each other and it was arranged. We were obedient to our parents' decision and got married without an opportunity to get to know each other.

Initially, the thought of discovering each other's value, personality, and ideals seemed attractive. But, how could I have known that with time it would turn into discomfort.

My husband immigrated to U.S. at twenty-seven years of age. My world was limited to my neighborhood and my grandparents' house, like a frog in a well. I easily trusted and listened to people, but he found that to be uncomfortable. He tends to look far beyond, but I only saw what was right in front of me. He is mild tempered and rarely shouts, but I make continuous noise like a flowing stream. He doesn't make friends except for one high school friend he longs for, but I like to socialize with every person that comes my way and see it as beautiful and fragrant fate. He doesn't like people coming to the house. These differences in thinking and lifestyle became inner conflicts that kept building up inside.

In the beginning of our marriage, we struggled to maintain respect and tried to keep a certain threshold of emotions. My husband's stubbornness could not be broken even as a child. As long as there was effort, it was fine. But, when not, hatred reared its ugly head and our relationship was cold with no love.

I realized for the first time in our relationship that even the same words could have different meanings. I don't like to drink iced water even in summertime, but my husband drinks iced water even in wintertime. He doesn't use blankets even in winter, but I have to have layers of blankets to sleep. He has to eat first before he can work, but I have to finish my work before I can eat. He is set in his ways, but I like to discover new things and still maturing. It is a continuum of life that feels puzzled and strange to each other.

We each have a manual for the other. Unless I read the manual for my husband thoroughly, my emotions will overflow causing torrent and splashing of muddy water. Whenever that happens, my husband and I drift away from each other.

It's been a long marriage. I don't know since when, but I realized that he was very slowly changing. Amazing. His ironclad stubbornness has changed. Change seemed impossible for him but he has changed. I wonder if he is carefully reading a manual on me. Every night my husband cuts fruit and hands it to me. This is his gesture of love. I clean my husband's glasses and shine his shoes. He replies with a smile.

It was our 47th wedding anniversary not long ago. How wonderful would it be if everyone could take a certificate course in marriage and parenting before getting married? When getting married, instead of dowry of jewels, it would be nice to give each other a manual to help shorten the process of trial and error.

Still, we are baffled. But, now, we accept it as aging. No matter how much we blame the situation and read into it, the result will always be like cutting water with a knife.

(6-2017)

Season of Ripening Old Age

It's a foggy morning. Fog makes beautiful scenery. It's as if things are hiding behind morning fog like shyness of a new bride. Fog rises when atmosphere is in conflict between warm temperature of earth and cold surface. Even though when all things remain as is, there are things that you cannot see when in conflict. Life filled with fog, making things barely visible, sometimes isn't necessarily bad.

We are at Panera Bread. My husband enjoys his breakfast while I enjoy my coffee. For me, a cup of coffee is like an art, romance, and life's vigor. We happily greet the regular customers. Servers change frequently here. Some speak gently and kindly. When we order from this person, the day begins in a good mood.

Today is my birthday, as it comes around every year. Despite my desire to keep my youth and active lifestyle, this comes around every year and tallies my life. What is God's will in my life? Aging is way better than I thought. Filling the void from fading memories is unhurried, relaxed, and grateful. When you learn to enjoy being alone, I think you become more relaxed in your aging without feeling left out. Is it that our hearts really don't age just because we become older? Like someone said, is it because we're not aging but ripening? Today is someone's tomorrow that they so desire to live. It is the day. I want to be someone who exercises cleanliness and diligence to self and be generous and calming to others in ripening old age. I want to write a history of worthy life.

While drinking coffee, my husband apologizes for the time he unknowingly upset me. Listening to my husband's words is like refreshing summer stream. Was it said that when love passes over even the deepest wounds disappear as if it's written on sand? People give painful wounds as well as to erase wounds that seemed impossible to erase. Although I know his personality, sometimes I still get upset, but it seems he does care. I think time can make many things possible. A wedged stone in my heart disappeared.

Rising of the sun is beautiful but the twilight is even more beautiful. My husband of 50 years feels like an old comfortable shoe that fits me perfectly, especially today. A pretty new shoe that fits perfectly is a nice gift. But an old shoes that fits like an old friend is even a nicer gift. My feet and my old shoes are in perfect tune so I think I can walk comfortably a long way. Today is very nice. It's a gift.

I'm glad I began writing essays about stories in the midst of fog: story of moon, like a new wife in her full-term wading in river, story of naked bean sprout wearing a black scarf, story of a green onion with its head buried in the ground. I want to write a story about stolen pepper seeds from a farm in KangWonDo somehow they still roll around in my pocket. I want to write about a spider web waving like a silk scarf.

I want to age well as I write about people. I watched my grand children grow and like their sparkling eyes, I want to write with my twinkling eyes. Time may pass but the green village still remains beyond the fog.

Morning dew left but the fog clings to coffee shop window like pearl drops, in their brilliant beauty.

(10-2019)

It's Okay Even If You Are Hard of Hearing

✥

My husband's day begins with eating a sandwich at Panera Bread. Their menu hasn't changed in over 13 years. Even this morning, we head out to that place.

We share simple greetings with regular customers at the bakery. One of the regular customers starts a conversation with my husband. "How long have you been eating here?" My husband only continues to eat with a smile on his face. I step in and reply, "My husband is hard of hearing. Please excuse him." He responded saying that he had tried to start conversations before but thought it was strange that there was no response. He thanked me and was rather apologetic.

After the meal, we went to an optometrist office for glaucoma check up. We sat in the waiting room until my husband's name was called. My husband just waves his hand with a smile on his face. He gets up when I prompted him, "they are calling your name." "I thought the nurse was saying hello. I didn't hear my name." This is not unusual.

My husband does the same to me. It's difficult when I think

that I had clearly explained everything and thought it was heard, but then he responds with agitation that I was mumbling alone. In the beginning I was upset and angry. As I let my emotions get the best of me, I am embarrassed to discover that I am not big enough to handle this.

He has been my partner for 50 years. He is now over 80 years old and, with his bodily parts wearing out, without help he is easily misunderstood. What shall I do! We need to hold each other up to walk the rest of the way. Even if the path leads to where I don't want to go, I need to be thankful. I need to live with faith to overcome life's many difficulties. I married him at an early age and he has always been good to me. That has been stored up in 'Love Savings Account' which he is now withdrawing from. I guess love received must be returned like a boomerang.

Life is worth many things. Older couples must have pity on each other instead of hurting one another with emotional outbursts. As we walk together on this path of life watching the sunset, this old age sometimes make our hearts feel empty or pouring with rain. Because I love him, I wish I could blow it away like the warmth of spring breeze. I am his nurse. Love never remains one sided.

I take a deep breath. Even without any spoken words, our hearts warm as we walk together hand in hand. Perfect understanding and acceptance can only come from a childlike heart. Even if he learns to read my lips, I am grateful simply for his existence by my side. I am thankful to share both sadness and joy.

About 10 years ago, not knowing that he was losing his hearing, I remember getting agitated with him for asking repeatedly. I remember his words "Honey, just wait until you are my age." I am in my seventies. I look for my reading glasses daily with it hanging around my neck. I am following that path. Time doesn't only pass by, but the reality of life is that time is near.

Coming out of doctor's office the blue sky is blinding. Under the clear sky, the sun is shining on wide grass that embraces warmth of the sun. Green grass turns golden and shines its light.

(4-2019)

Like Writing Love Letter, Like Embroidering

In May, it would have been 3 years since I started writing. My writing is still unfinished. On the hill of memories are stories that shine brightly like blades of grass, but indescribable with my writing skill.

When I was struggling after giving birth to my first baby, my husband helped around the house without a complaint. It felt obvious at the time, but I became grateful with time. My husband sacrificed when I was tired, weak, and struggling. He always watched over me to make sure that I won't be lonely in this foreign land without parents. He took charge of hard work around the house when we were raising our children. When I was completely immersed in my ministry, he was my silent strength to the end. Even now, my heart beats fast when I write about my husband.

It was our 49th anniversary. My husband's heart is always ready and wide enough to be my refuge. The essays I write are writings to my husband, whom I am ever grateful for and deeply love. If my husband tosses in excitement like the blade of grass when he reads my writing, I will be happy with joyful tears as the day I gave birth to my firstborn.

I wrote a card to my husband on our anniversary. I wanted to present the writings of my heart on our Golden wedding anniversary. It was not an easy task. What I wrote always sounded strange the next day. Multiple times I stopped reading out of dissatisfaction. As much as I wrote, I stopped, and as much as I stopped, I wrote. It's amazing how the more I wrote the more confident I became.

If poetry is like silk, essay is like handkerchief. With handkerchief you can wipe off sweats, carry charcoals, and fold to lift hotpots. They say writing is writer's altered ego. I will let go of my burden and write what I have seen and experienced since childhood.

In my youth, I used to make shoulder covers to use when I brushed my hair. When making a cover, I first take colored threads and think about what kind of embroidery I'm going to do. Then I thread a needle with colored thread and begin to embroider stitch by stitch. Now I write essays like embroidery. I write essays, stitch by stitch.

(2-2019)

A Beautiful Day In My Life

❧

I'm watching the sunset. Clouds form patterns and embrace the sky as sun goes down and darkness covers the sky. I am waiting for the evening stars to rise from the horizon of the ocean. I am absorbed in beauty of this spectacular harmony of clouds and shadows casting on ocean light.

Since turning eighty, my husband is reluctant to travel long distance. "It's still our Golden Anniversary," I said sadly and he gave in. Although we are healthy, a long trip might not be easy to handle and we decided to go to Hawaii.

The years of being together, happy and sad, unfolded like panorama. We married 7 days after we met. I gave birth even before love began to grow and then we began dating. My husband was like a deep lake through out our long marriage, and my children are my beautiful essays. I was clueless and full of mistakes, but my husband taught me and helped with household chores back when it was not natural for a husband to do.

Upon arriving in Hawaii, we picked up trolley passes ordered in advance. This was for six trolley lines we could enjoy for the week. We bought water, bananas, apples, and pineapples from

ABC store. Hawaii produces pineapple, so it was fresh with exceptionally high in sugar content and fragrant.

Looking out at Hanauma Bay coastline, there hasn't been any change from six years ago. Can I be that way, too? Everything is sprinkled with rain on this cloudy day. Vegetation rejoices. I am rejoicing. One side of sky is clear, and the other side is dark. Even though I am not interested in visiting Pearl Harbor National Memorial, every time we come, my husband reads descriptions thoroughly and even explains to me.

Cloud carried by the wind sprinkles a little for a moment. So, we skipped a few sightseeing places. We went to my favorite place, Honolulu Museum, and saw four exhibitions. Leaving my husband to stay downstairs because he can't climb the stairs, I enjoyed rest of the artwork on the second floor. It is a place of relaxation and healing. I was sad to give up on seeing my favorite Botanical Garden before leaving.

Two days ago, February 7, was the day I got married 50 years ago. When we left for our honeymoon, my husband held my hand tightly. I followed with embarrassment and shyness. Now I hold my husband's hand tightly who is 10 years older than I. Despite his sturdy outer appearance, his inner self is fragrant. He is a precious person who only has his gentle eyes on one person. I want to remain as a wife who is pure and untainted, fragrant like spring breeze, and one who sings songs of hope.

It's a day before leaving. The weather is very nice. We found Diamond Head, known for world's most beautiful sunrise and sunset. The stunning 360−degree view and the sparkling silver waves of the emerald sea are like diamonds. Ocean is kindhearted. It feeds vegetation, fish, and shimmer like jewels without holding back, but also does not boast. It always remains at the lowest level. I really want to be that way.

We are flying through the sky on our way back home from a 6−day trip to Hawaii. This trip gave us beautiful memories and we return with grateful hearts. It is good that our love hasn't rusted away. Our old age is beautiful and happy like well−aged wine, fragrant and tasty. We look at each other's changed body movements and wrinkled faces, and comfort each other with smiles. We return home in good health, well rested, and healed with joy. We hope for love in our old age to be everlasting, like fullness of clouds, clear wind, and glowing sun.

(2- 2020)

chapter **2**

Walking
along the Wind

My precious grandchildren

Like Drawing Out Moon and Stars

୧✿ད

The wind is refreshing. I want to let go of my busy heart and think. My architect son-in-law's house is perfect for times like this.

There is a large picture window to view the seasons pass by. Beyond the window is a large garden with blue sky above. You can hear the sounds of nature. The sound of pouring first cup of coffee is crystal clear. It is a perfect place to enjoy the aroma and to drink. I walk out to the backyard patio with a book in my hand. There are a lot of empty spaces in the backyard. It is perfectly silent. It's so quiet that I can almost hear the air touching my skin.

This house was designed with nature in mind. Squirrels, sparrows, and even lizards come to greet. With a far distant view, where daily noises disappear, this is a good place to contemplate. I organize my thoughts and empty out my complicated heart. This place is full of Hawaiian hibiscus flowers that I love. The hundred-year-old trunk is thick, but the yellow flowers are very pretty. A hundred year old lemon tree next to it is also strong and full. I am grateful for the lotion that was made with lemons from this tree.

I thought about what hobby I should have when I retire. I thought about learning to play keyboard piano. Computer keyboard will be good too since it uses fingers. Computer keyboard will be good for writing. So I started taking classes in writing through Literature Society. This was March of 2016. Even if you are not gifted with glowing inspiration or exceptional ability to express, what is necessary is to have basic emotions, expressions, and feelings to be able to write. I thought this might be difficult with my ability. In this school called the World, I survived spring, summer, fall, and winter of my life through good habit of positive thinking. It was also foolish to think that my daily emotions were enough to write about. Not long after I started taking a writing class, I realized that lack of turbulence in my life did little to pave deep thoughts in me.

However, even for me, I had stories from nature and people that I came across. My grandmother used to carry me on her back to draw water from the well with a bowl made out of gourd. I used to cry asking to draw out moon and stars reflected in the well. Grandmother often talked about those times even after I was too big to be carried on her back or to ask to draw out moon and stars from the well.

My father used to take me to Namsan spring water well. Each time we went, we picked Acacia flowers and played a game by pulling off flower pedals. Who ever pulled the last pedal loses and would have to do whatever the winner asked. I didn't realize it then, but my father always lost and I always won. Of course, I would always get a piggyback ride back down the mountain.

As I was learning to write essays, these kinds of moments meandered through my mind. I wanted to share these stories with my husband and children. These would be stories that exude fragrance of my hometown and transport me back to that place. So, I continued to write in honesty. The memories of difficult moments and happy days are reflected in the well of life, which I wish to draw out like the moon and the stars.

I think when what you leave behind is beautiful then you have lived a beautiful life. I want to leave behind, in simple words, a clean life with a truthful heart. Like drawing out moon and stars from clear and deep well, I want to draw out essence of soul by staring deep and inward. Even if I leave this world, the writing will remain with my children and my grandchildren.

Sun is setting. The harmony of light and shadow is reflecting in my heart. Soon, stars will appear.

(12-2019)

Grace, Stronger than Cancer

It's New Year's morning. Bathroom turned red. My heart sank thousands of feet. My husband came in to confirm and we were both speechless. We received New Year's Day traditional bows from our kids and imparted wisdom. We went to show respect to the elders of my family and my in-laws.

Few days later I made an appointment for a colonoscopy. My heart felt as calm as floating boat in the ocean. After the exam, I received a diagnosis of colon cancer. Doctor's words hit me like hammer. My entire body felt as heavy as wet towel. I came out to the waiting room and told my husband. My husband's eyes, which are most of time expressionless, turned red.

This fast-moving train is forced to a sudden stop. I felt the irresistible force. It was an absolute moment of solitude. My husband slowly turned. The site of my husband's back spoke volumes. We told our children and scheduled a surgery date.

Few days later I stunned my friends after lunch when I said, "I'm having colon cancer surgery. Please pray for me." Was my attitude toward cancer disrespectful or was it not serious enough? My friends gave me strange looks.

'If I were to die, my husband who is 10 years older than I will be the saddest.' My heart ached as my surgery date approached closer. Will I have time to repay and thank my husband for meticulously teaching his young bride everything?

My children and their spouses and my six grandchildren are the most precious thing in my life. A day before surgery, my oldest daughter arranged a base camp in a hotel in Upland near Kaiser. We chose to stay there since coming from Irvine and Fullerton would be a long drive.

My husband silently held my hand as I was pulled away from my kids into surgery. There were thousands of words expressed in the warmth of his hand. In haziness, I saw many faces in the surgery room. Feeling the human frailty, I looked back on time.

I was discharged a few days after the surgery. My youngest son—in—law built me a step stool with four steps just in case I couldn't climb up my tall bed. It brought me to tears. Instead of ordering out, my husband grilled fish and made soup the way I like it. He poured out his love to care for me and I am grateful.

Six weeks of recovery went well. I received much love from friends, students, colleagues, in—laws, and elders. By God's grace, my health was restored after much prayer from many people. Some of the acquaintances worried about my stressful ministry and encouraged me to rest for my health as a way of comforting me.

Sharing the pain of abused women is difficult. But, I want to continue to live to serve them with all of my strength. It is gratifying and rewarding to serve them. Love of Jesus is my life and sharing the gospel with them is the reason I exist.

Abused women are not just physically hurt. They are also spiritually hurt. They lose their existence as a person. I cry out of pity for them. I cry because there's nothing I can do. This is more the reason I want to serve them with all of my soul.

As I write this, I have been in this ministry for 15 years. It's not short by any means. I confess that it has been a time of God's grace and blessings. I have met many hurting souls as well as many with loving hearts to serve in this ministry.

Through this cancer, I realized that everything is meaningless when faced with death. I tried to look beyond the worldly values that people pursue. I have definitely experienced the power of life and peace in God. Now I live moment by moment with greater gratitude.

How will I be remembered when I leave this world by those that have loved, trusted, and encouraged me? How will my children and my husband remember me?

Even this morning, my heart runs to those begging for relief from pain.

(4-2010)

A Spot On Top Of My Hand

I have a spot on top of my left hand. It's not an ordinary spot. It's a spot that is unique to who I am. If you don't pay attention, it's hardly noticeable, and that is what I like about it.

This hand has weathered half a century and is not very pretty, but I love the spot on top of my hand. When I am depressed or ashamed, my eyes search for this spot like a refuge. My heart settles down looking at my spot and I am no longer nervous.

This insignificant spot has a special meaning from my childhood. I had a Home Economics teacher in Junior High school. She was like a lily flower with fair skin and pretty character. One day during class she began to write on the chalkboard. I noticed a black spot on top of her hand. Her hands moved with writing and the movement of her wrist made the spot barely visible. I thought the spot on her hand was pretty, a black spot on top of a pretty white hand. It seemed shy. Ever since then, I looked for that spot whenever we had Home Economics. I even imagined 'If I had a spot like her, I would be as pretty as she.'

This thirteen—year—old girl wanted to be just like her

teacher, with charisma and flowing beauty. Her teacher made school fun and the girl continued to make beautiful memories.

However, this one sided love ended when the teacher was transferred. Time passed and the memory faded. With arriage, I came to the States. I was a busy mom and working in ministry to serve church and the community. One day as I touched my hand, I discovered a spot and I was flooded with memories of my teacher, which had been forgotten from busy life. The spot that was on my Home Economics teacher, whom I admired and wanted to be like, was now on my hand in a similar spot! All kinds of thoughts came to my mind and how I had envied her spot not knowing that I had one of my own. Although, they say spots appear with time. To have discovered this was amazing. I felt like something good was about to happen.

The word spot is common but also peculiar. Mongolian spot is called a spot and the school grade I worked so hard for as a student is also called spot(period) in Korean. In a way, isn't our life all about connecting periods(spots) and in between? This probably isn't the only spot that went unnoticed all these years. I felt regret knowing that there were probably many things that went unnoticed whether it's from lack of iscernment or training, but I came the realize that what's precious and valuable are actually closer than we realize.

This little black spot on top of my hand is my star. It brings vitality to my heart and smile across my face.   (5-2016)

Healer of Obsessive-Compulsive Disorder(OCD)

Regardless of who you are, people have at least one or two faults, weaknesses, or illnesses. However, there are things that are difficult to heal. I am truly grateful to my husband for his consistent patience as he stood by my faults that were untreatable regardless of determination and education.

I was close to being diagnosed as Obsessive Compulsive Disorder. On my way to school, if I felt that a towel was hung slightly off, then I would not be satisfied until I returned home to straighten it before going back to school. Blankets had to be folded with corners matching perfectly. My school uniform had to be ironed without a crease. If there was a crease, it needed to be wetted and re-ironed without a mark. My sneakers and uniform had to be washed every day. Foremost, this was hard for our housemaid.

I would check on cleanliness of a room by running ends of my fingers over the surface. I would stand my little brother outside my room and dust him off before letting him in.

This kind of behavior was probably difficult for my husband to understand. After reading my husband's letter that he wrote me after he returned to U.S. after our honeymoon, I finally realized my OCD. I could not sleep out of embarrassment. Even though it was now a history, I still blush every time I think about it. I tried to forgive myself by saying, "It's okay, there was nothing I could do. It's a disease I was born with." But, those moments of embarrassment kept replaying in my mind.

This wasn't too much of a problem as a newlywed. But, as soon as I gave birth to my first born, it became nothing short of a war with cleaning, laundry, and sterilizing baby bottles. I couldn't sleep and I couldn't eat. I was exhausted and weighed only 93 lbs.

One of my relatives who came to U.S. saw me and was shocked and contacted my mother. Within four months, my mother came. My mother said I was so thin that I was almost unrecognizable and cried when she saw me at the airport. Starting that day, my mother took charge of the 5 months old baby and slept with her. She watched me giving baths and said, "You will kill that baby with so many baths."

My kitchen stove sparkled. When someone uses bathroom, I would go right after to clean. Bathtub was scrubbed every day and sofa was dusted until I felt there was no more dust. My husband was helpful around the house and with kids, but with three kids and so much work, my body could not handle. Even then, my husband was patient with my OCD. I would not have survived without his help.

I started going to church after my second child was born and amazing things began to happen. I can't remember when it started but slowly my OCD began to disappear. It was amazing. It seemed my OCD couldn't be healed but things were changing. I couldn't walk away if I saw a dirty cup in the sink. I can't remember since when, but somehow I was fine to walk away. I wasn't too bothered to see a crooked towel. I am so grateful. This disease that couldn't be healed had been healed by grace of God. God is my healer.

(9-2017)

Correct Answer is in Time

୧✦ఎ

It's raining. Staring out the car window, we are headed to Hearst Castle, San Simeon beach. We're going in celebration of spring and passing of winter. Today I desperately long to see the ocean that will generously embrace me.

Mother of a student in college group called from Korea. She wanted me to stop her daughter from getting married. She said it was my responsibility as a pastor to stop student relationships. It sounded insane. Meaning of a word can be altered with the sound of one syllable. My pride was deeply hurt. I wondered if she would have spoken to me like that in person. It would be better if we could all filter our words, even if it's not in person.

The more I thought about this long phone conversation, my heart ached even more. She spoke as if I am responsible for their future. I traveled this far to contemplate on an answer. With each thought, my heart became more constricted with frustration. I could tell the kind of person she was by the way she spoke. She opposed this marriage because the boyfriend wanted to become a pastor and that his family was not well off.

She called two more times asking me to end this relationship. Her voice was as cold as ice. I couldn't think of anything to say to this person whom I could not reason with.

So, I came running. I stood facing the ocean. I looked out to the ocean with my arms wide opened. It embraced the tornado inside of me. I felt lonely like a clam that got pushed out of water by the waves. I felt dizzy getting mixed into the sounds of rain, wind, and the ocean. Even the color of ocean seemed lonely.

Her complaining words were traumatizing. I tried talking to myself and even wrote a letter to myself to console. I tried to resolve my heartache, but to no avail. I shout out, at this place where no one is listening, 'King's ears are donkey ears.'

I picked up a small stone. I looked at it. I wondered where this small stone hid the sounds of waves, seagulls, and flowing down branches that it had heard countless of times. It must have rolled down from top of mountain at Hearst Castle. It rolled and grinded and shaved, again and again, making it round. How painful it must have been as its ragged edges were cut, grinded, and shaved to become this round. Where are the sounds of rain and thunder hiding?

I throw a small stone far into distance. I throw another. I hurl hurting words in my heart to the ocean. I threw countless stones. My heart can finally breathe. I finally see my husband sitting quietly on the side. He did not ask any questions as I threw tens of stones. I am tearfully grateful. He has been a man of few words through out our marriage, but I am grateful at this times that he is.

These young adults came to U.S. as students. They dreamt of future. What business is there to separate people in love! They are like Romeo and Juliette. I wish I could tell them that there is nowhere in this world where love is painless.

It's sunset. At twilight, I picked up small stones from the beach and put them in my pocket. I wanted to remember this moment each time I touch and see these stones. Then, perhaps, a day will come when I finally have an answer.

Unknowingly, my heavy heart became feather light. I am reminded of a verse in a poem by Jonghwan Do, "Tree burns beautifully the moment it knows what to purge."

(11-2016)

Fear of Words

❧

When I want to immerse myself in thoughts, I go to Redwoods in Carbon Canyon Regional Park. Redwood forest is only found in Brea City in southern California. It is a quiet and peaceful park. As I watch the ducks floating on the lake, peacefulness enters my heart.

There are trees along the hiking trail that stand straight up even after getting struck by lightening, burned and blackened. I am humbled by these trees that are burned yet unbroken and standing in their places as they did a few months ago. Although hurt and difficult, their determination kept them standing in their place. This is similar to our life.

Away from our busy life, walking through the forest helps you to see things in your heart that were not yet discovered. Looking deeply into my heart, I think of things that I need to organize before the year is over.

A few months ago, my husband and I had lunch with friends, a couple. I said something that was inappropriate and deeply hurt my friend. I didn't realize at the time that what I said should have not been said in front of her husband. This was something my friend only kept to herself and I didn't realize how much this would hurt her. My friend didn't contact me for a long time. I thought our relationship had ended. Despite my awareness that hurtful words are often the reason for lasting conflicts in human relationships, this difficult thing happened to me.

Through prayer, encouragement, giving, and loving, my friend and I had good relationship. It was precious. How could I hurt her this way! My heart ached and I could hardly breathe. I know that there are appropriate times and places and what should and should not be said. I never expected this to happen. It just crushed my heart. Holding back your words is wisdom. I am realizing deeply the need for momentary patience.

The forest road is meandering. The vegetation is moistened by early morning rain. Water drops hanging on branches are as pretty as crystals. Will my heart become clear if rain can wash away my heart that feels foggy and unclear? Fresh air of forest seeps into my body. Even my heart feels purified. I wonder if this is utopia. This silent redwood forest gives me rest and peace.

Our life cannot be sunny all the time. Some days are cloudy and at times it rains and snows. Like torrential rain comes after dark clouds, like rainbow comes out after rain, depending on how it's handled, perhaps this is an opportunity for deeper relationship.

Cranes are one of the most majestic birds. Most auspicious in Asia, it is used to represent solitary, longevity, gentle, pure, and initiative. Many cranes live in Taurus Mountain, southern part of Turkey. Their cries are exceptionally loud and noisy. They are even louder when they fly and are easily caught by eagles. Experienced cranes will self-muzzle by putting rocks in its beaks before flying. This self- muzzling method should be practiced by human as well.

(12-2018)

Grandson, A Dazzling Gift

❧

May is the month of my first grandson Joshua's birthday. After graduating from high school, Joshua will leave for college in the Fall. He will become independent from his parents, be away from his grandmother's delicious food, and his grandfather who ran school errands for him.

Twenty years ago, my eldest daughter met and married a strong and sincere young man. Two years later, she gave me a grandson to hold. The day my grandson was born is still vivid in my mind. One Spring day, my eldest daughter went into labor and went to the delivery room. Her parents-in-law watched her in restlessness and pity. The pain was severe, and my daughter eventually became a mother after a cesarean section. My son-in-law, holding his first son, held his wife's hand and was overcome with emotion and cried. The moment I held my grandson, it felt like the whole universe became a fireball and was pushing into my heart. Birth of my offspring is mysterious.

When my husband received a call that they are bringing my grandson, his face glowed with excitement of holding his grandson. He washed his hands and changed into a clean shirt.

When the baby came into the house, the place was filled of laughter.

Whenever we are informed that the baby is coming, we stop everything and prepare to receive him. My grandson was the prince of our family, and we were his joyful servants. Tiny toes, high nose, shimmering eyes, lips you just want to bite, mysteriously closed mouth, and when the baby makes eye contact with a gesture of smile, we utterly become absent-minded. Watching my grandson go to kindergarten felt mystique, and watching him graduate from kindergarten wearing a cap also felt surreal.

On a hike with my six grandchildren to Peters Canyon, Joshua carried a heavy water bottle. He is polite and has a heart like clear stream. The weather was very hot and I was exhausted when we reached the top. I almost fainted and he offered me his knee to use as a pillow. After I lay down and rested for a long time, I regained my energy and came down from the mountain. Joshua always approached people first and made them feel comfortable. I was always grateful to him for that.

Grandchildren are like dazzling gift and love that can be felt even when I close my eyes. They are like unknown journey full of excitement and eternal love.

Now he is going out to the world. I pray that he will be a wise young man who is after God's own heart.

The Lord bless you and keep you; the Lord make his face shine on you and be gracious to you; the Lord turn his face toward you and give you peace (Numbers 6:24–26)

(5-2018)

My Granddaughter, Finer Than Flower

✺

I entered my youngest daughter's house. I came to take care of my 15-year-old grandson and two puppies while my daughter and her husband went on a business trip. It would be as good as gold if I could read a few books in the backyard with a wide view.

I looked into my granddaughter Megan's room. Megan, who used to fill her backyard with laughter, left for college in September. Her sneakers and jacket in the room brought back memories. Like blowing in the wind, memories bring tears to my eyes with desire to see her. I think I am going to sleep in Megan's room tonight, embracing memories of her in my heart, longing for her, the apple of my eye.

I have five grandsons and only one granddaughter. Megan is very warm, easy, and we get along very nicely. When I send her a text message, she immediately replies with heart emojis and texts she loves me. It has been 17 years since I held my daughter's hands in the delivery room and met my granddaughter in awe, but it is as vivid as it was yesterday. Memory of hugs and piggyback rides come to me like waves.

Before leaving for college, she and I spent a day at San Clemente beach to build memories. We took pictures and walked on the pier. We ate pizza at the Outlet mall. I bought her a pair of red sneakers that she liked and we engaged in deep conversations. Megan is prettier than a flower. Whenever I see small flowers, I want to saw them on my granddaughter's dress as buttons. Her eyes lit up when I told her that I would make oxtail soup and her favorite kimchi pancakes when she comes home on a break. Holding my hands, she smiled and said that we would eat grandma's favorite roasted marshmallows in the backyard.

Megan's younger brother was born when she was three years old. Whenever her Mom nursed the baby, she would hold a doll and pretend to nurse. She said she wanted to make money to buy fun fairy tale books for children at the women's shelter where I serve. In the summer of sixth grade, her brother Matthew fell outside while playing on a bicycle with a friend. His friend's three front teeth fell out. There was a lot of blood. Megan stopped the bleeding with a towel. In shock, my grandson tried to comfort his friend, but to no avail. Megan took her brother Matthew aside to a quiet place, looking into his eyes and said, "Don't say anything, just stroke his shoulders. He can't hear anything right now." Megan put a blanket over the crying child and comforted him. "Are you scared that your mom will scold you? I will explain to your mom so that you won't be scolded."

When I see my granddaughter Megan, her tender and caring heart for others and warm helping hand is beautiful. I don't know where and what she will do when she graduates from college, but I believe she will be happy doing rewarding work according to the talents God has given her. I hope she remembers my advice and hang out with her classmates and learn to balance relationships, and remember to read classical literature after classes. I hope she can be built up by reading about great people.

I could hear laughter in the yard on the day when she returns home. I long for her return and anticipate the stories she will have for me.

The longing for my granddaughter feels like a lonesome wildflower blooming on the roadside, but the anticipation in my heart swells up like autumn clouds in the sky.

(11-2019).

To My Children

Hey kids! Thank you for being my children. Being a parent to you has been the most grateful and rewarding work in my life. It's so beautiful and reassuring to see how you have looked after, cared for, and loved your parents and siblings. God is my witness to just how much I love you.

Many people think that I did well by you whenever I give parenting seminars. Whenever I hear that, I blush because I have not done anything good. When you were young, I was busy studying, working as children's pastor, home visitations, and administrative work at church. When you became college students, I was a college pastor preparing weekly messages and not have enough time to spend with you. After you grew up, I was busy working 24 hours a day for a women's shelter. Thankfully, your dad was always with you. I am thankful how well you have grown up and become responsible adults creating beautiful families of your own. I sincerely bless you. There's nothing more I can wish for than for you to have responsible and good lives.

They say seeing children grow up right is a testament to

how their parents lived, but I cannot say with confidence that I have done right with my life. The more I think about it, the more I become ashamed. I was always being chased by time and had too much work. Looking back, the only thing I did for you was to go to church every morning to pray for you. This shame will always remain in my heart. I didn't buy brand name shoes or clothes for you. I never have. What my eldest daughter said still rings in my ear, "Mom, you pray for us. That is the biggest benefit." Thank you. There is no better way to say that you forgive me. As a parent, I have no wealth to pass on to you, but I have a few gifts I want to give you as someone who has lived this life. This is my inheritance to you.

Son and Sons-in-Law: Alex, Frank, and Nathan,

Thank you for being my son and sons-in-law. I wish for you to have good friends to share your life with. I wish for good friends who can comfort you, friends who you can lean on and cry with when things are difficult. I'm talking about a friend who will run to you and cry with you. It would be good if he is quiet and mild in character. This is a friend who will walk the distance with you. I wish for you a continuous life long friendship. Love your wife and consider her your best gift. Our creator said that a wife is a part of you.

Daughters and Daughter-in-Law :
Patty, Christine, and Amie

I'm really grateful to you, my beautiful and beloved ones.
I am very happy that my quiet, wise, and beautiful
daughter-in-law came into our family. Remember that
mothers should never cease to pray for their children.
Remember to never lose modesty and beauty of being a woman.
Build up your husband and let him lean on you. Taking good
care of your household is the attitude of diligence, frugal, and
humble life. I hope you will keep these two things to live by.
To be generous to others is a good way to prepare for your
future. Don't turn away but care for your neighbors that are
poor and unfortunate. It is up to the woman to keep
relationships in family beautiful. I prayed for your spouses
from the day you entered middle school. Pray hard for your
children's spouses. Please walk in the way of wise mother and
wife.

My Beloved Grandchildren: Megan, Joshua, Jacob,
Matthew, Mason, and Evan,

I want to tell you that, even if you're busy, please read the

Bible and Classical Literature as much as possible. When you read, be sure to write down inspirational passages. As you take notes, it will expand your capacity to make impression on others. Memorizing good passages is the best way. You can't expect to change without reading. Use more books to mentor you rather than human mentors. And, work hard. No matter where you are, study sincerely. Be a good person first, so that you can meet a good spouse. Foremost, serve God and love Jesus. Earnestly desire the Holy Spirit. I pray that God will watch over you with eyes like fire and pour daily blessings of grace.

"Let your light shine before others, that they may see your good deeds and glorify your Father in heaven" (Matthew 5:16).

Granddaughter, A Brilliant Gift

୧∞৲

My neighbor came to introduce their first-born baby. The new mother was full of smiles.

I am reminded of my youngest daughter's labor. Although it seems like it was yesterday that I was in labor room helping her to get through the labor, but it has been 17 years. Like all mothers, my daughter endured hard labor to give birth to my granddaughter. I was proud of my daughter as she set off on a journey of motherhood.

I received a call that my daughter was bringing her baby. Although I saw my granddaughter a few days ago, I longed to see her again like a farmer waits for rain. My husband washes his hands and brushes his hair and goes out to greet them. Smile automatically comes across my face the minute I see them come through the door. I take the baby in my arms and see her face to face. Deeply I breathe in her breath. Ah, such breath! I press my nose to take in another breath. Nothing is more fragrant than this.

I opened her small fist. Lines on her hand looked like spider web. You just want to bite her. She is a masterpiece. Her world seem so gentle. Tiny toes, sparkling eyes, tightly closed lips, and tiny baby sounds make a sweet orchestra that only I can hear. Her baby smiles are like exhibitions and television only meant for me. It's amazing. The whole universe is swallowed within. The happiness this little life brings is tremendous.

The baby captivated both my husband and I the moment she entered the house. Like sprinkling of rain in a drought, she comes only for a moment and my desire to see her will never be satisfied. As they walk out the door, I long to see her already. My granddaughter stole our hearts like a thief angel.

With passing of time, she will become a loving little girl and a beautiful young lady. One day she will come with a young man and leave the nest. Like I did, like my daughter did, she too will give birth to a new life.

I want the day my granddaughter gets married to be in an autumn garden filled with blessings and my children, and me in my silver hair. I pray for my granddaughter that she will grow up wise, healthy, and be praised and loved by God and that God's grace will always be upon her.

"The Lord bless you and keep you; the Lord make his face shine on you and be gracious to you; the Lord turn his face toward you and give you peace." Numbers 6:24–26

(5-2017)

chapter **3**

Basketful
of Memories

Sabrina Lake, Bishop CA

Mom!

What I remember about my mom as a child are her neat meal tables, pretty face, and tidy appearance. She was the first to wake up in the morning. Wearing her white shirt and long slip, she would sit in front of her mirror to fix her hair and powder her face. She was very pretty and beautiful.

She married at sixteen years of age. She gave birth to my two older brothers, two years apart, and had me at age twenty-five. My father worked for city registration office. The year I became 1st grade, he started a business with my mom traveling to and from Japan. He brought from Japan delicious chocolates and candies that melted in my mouth, and shoes and sweaters were very pretty and warm.

My grandmother used to boast about my mom's outstanding cooking to all visiting relatives. My pale-faced father did not like meat. He liked neatly set table with side dishes and zucchini bean paste stew. When my father enjoyed the food, his gratitude showed in his eyes. My mom set her table very neatly. My father's silver spoon was shiny. In winter, she soaked them in warm water before setting the table. She was praised as a perfect wife.

One day, in preparation for winter, a truckload of burning wood was delivered. I was turning five. The truck driver unloaded and before leaving whispered something to my mom. She thought for a moment and then took me around the corner to someone's house. Neatly placed on top of the entry way were my dad's shoes and a pair of white shoes. In the yard was a large washbasin filled with water. My mom opened the door and poured washbasin full of water on two people having lunch. This happened suddenly. My mom tightly held my hand and we returned home. This was the first time I saw her face enraged with terrifying anger.

Mom sat in her white gown and waited late into the night for my dad to come home. Our housekeeper went and opened the door as soon as she heard the gate rattle. Mom took all the money out of her storage chest, gathered them in her gown and went out to the courtyard. She dumped the money in front of my dad and lit them on fire with a match. "If money is what breaks a family, then it's better not to have any." Since that night, with my mom's poignant words in anger without hesitation, my father's affair ended.

When I got married, my mom advised me. "No matter how much you fight with your spouse, never use separate rooms." "Obey your husband." I kept my mom's advice with all of my heart.

Now that she's in her nineties, her strength and confidence disappeared. She immigrated to U.S. and was driving until she was eighty years old. She used to eat ribs without any issues, but now her appetite is not the same as before. I am sad to see that she will never go back to the way she used to be, enjoying cooking and traveling.

One of the oil paintings I have is a piece by deceased artist Jo Hee Do titled "The Way Back Home." It's a picture of wives walking through a field with small children walking and carrying babies on their backs while carrying large baskets on their heads. I wonder, as these wives walk across the field, if they were thinking about struggles in life or hastening their footsteps in anticipation of feeding the hungry workers.

Mom is walking across this difficult time of aging. She selflessly and with all her might served her husband, children, and others. My heart is sad for her. Mom!

(12–2019)

Mother-in-Law, a Great Teacher

❧

I never entered a kitchen before my marriage. I was clueless. Sitting all dressed up to eat meals that my husband prepared. I realized after 3 days that this was a bit strange. When I asked him, "Please teach me to cook rice", he said, "Ah, cooking rice is easy. Wash rice and fill water until it reaches the top of your hand and then turn on the switch." This is how I learned to make rice.

Making side dishes was a problem. I called my mother-in-law. "I don't know anything. Please teach me how to make side dishes." "Yes! You barely let go of your school bag when you got married. How would you know? Of course, I will teach you." My mother-in-law diligently taught me, step by step, starting with cutting green onions.

She knew everything about food, more than an encyclopedia. I thought she was a genius. Since then, I had fun learning to cook and I enjoyed going to my mother-in-law's house.

My in-laws had a big family. They consisted of my parents in-law, 2 younger brothers and a sister in their 20's, nephew who came to study, older brother's family of four, and two older sisters and their families. They all had very good appetites. Kimchi was made with boxes of ingredients: napa cabbage kimchi, radish green kimchi, radish kimchi, and green onion kimchi. Dumplings and mung bean pancakes were made regularly. Mother always praised me for learning well and I was happy just being with her.

Learning how to cook was fun and amazing. I learned how to trim herbs and vegetables, blanching them, boiling dried vegetables, and then how to season them properly.

She also taught me how to make rice cakes. I learned how to make steamed white rice cake, sweet rice cake, red bean steamed cake, and sweet rice dumpling cake. I learned to make moon shaped sweet rice dumpling cakes for Thanksgiving (Harvest Day). I was delighted when she praised me for making pretty ones and said that I would have pretty babies.

When I came to United States in 1970, there was only one Korean mill and one Korean market. You pour hot water over rice flour purchased from Korean market, cool, and sift. In a steam pot, place a layer of sifted rice flour and then a layer of boiled red beans. These layers are repeated many times and then steamed. Red bean steamed cake is also made the same way but with sweet rice flour. There are many mills now days and moistened rice flours are readily available. However, making rice cake is not easy. She also taught me to make delicious drinks like Korean cinnamon punch (sujeong-gwa) and Korean rice punch (shikhye). Although I was clueless, my mother never hinted that I was.

I learned well. My mother-in-law gave me one of her two treasured steamers she brought when she emigrated. It was her cherished steamer, but she gave it to me thinking that she will not have any use for it after her kids got married.

What a shame. Regrettably, I disposed of it instead of saving it as a keepsake. Hemp cloth used to steam rice cakes must smell like her. I miss it very much.

(6-2017)

Grateful for Mother-in-Law

My mother-in-law was worried when I had severe morning sicknesses and unable to eat or drink water. She made everything she could to help me, her daughter-in-law, to eat.

One day, out of nowhere, I wanted to eat Konowada, marinated sea cucumber innards. My husband searched all over Little Tokyo but couldn't find any. At last my husband bought some sea cucumbers, cut them open, took out innards and made them after learning how to make it from a Japanese person. But, he didn't put enough salt and failed. Although we threw out the marinated innards but I appreciated his efforts.

One day I craved persimmons. You can't find persimmons in March since they are November fruit. I was upset and teary when I heard that I had to wait until November. My mother-in-law heard this and shared her story to comfort me from my severe morning sicknesses.

My mother-in-law married at sixteen to a thirteen year old child groom. She became pregnant the following year and had morning sicknesses. She was craving for fish. On a market day, her in-laws bought salted belt fish. She was excited to see her walking in with entwined belt fish. Grilling fish over open fire smelled delicious. She couldn't wait for a piece, but nothing was offered to her until elders finished their dinner. She broke into tears when she saw that there was nothing left on the plate. Mother took the grate over the grill that fish was cooked on and went to the back of the house and licked it in tears.

That was during a time when food was scarce and everyone was poor. Even though she was treated badly by her in-laws, she never passed on her pain and sorrow to me. Instead, she always made sure I had good things to eat and overlooked my shortcomings. Because of her love, my life in U.S. was not lonely.

Mother(mother-in-law) loved to have books and newspapers read to her. Whenever I scrubbed her back or trimmed her nails, she would look at me with soft glance and warmly say "thank you". Although she never attended school, she was smart and wise. She memorized all her seven kid's phone numbers by drawing out hieroglyphs and symbols. I choke in tears every time I am reminded of my mother.

It's been 25 years since mother passed away. I can't turn back time, but I long to see her again. It's frustrating to think of the past because I wish I could have done more for her.

Before mother passed away, she stayed with us for a while after she had pancreatic cancer surgery. I shared my faith with her and I am grateful that she came to have her own faith.

I have two mothers, one is my biological mother(maternal mother) and the other is close to my heart mother (mother-in-law).

(10-2016)

Father's Smell

❧

My father is buried in Court of Freedom in Glendale Forest Lawn. When you enter through the locked gate, you can smell peppercorn in between the lined trees. I think of this smell as my father's smell.

My father is covered in silence in this place of undisturbed nature. The grass in green and the forest is moist like the day my father closed his eyes. As I wipe off the tombstone, my heart feels like a lonely island. Fog is thick. When I look deep in my heart, memories become faint like fog-covered scenery. The things that are hazy in the fog become clear when fog clears.

In the blowing wind, I could smell my father and feels like I could almost hear his voice. I still love my father. He was a quiet man of classy character who could live without rules.

My father used to invite college students from rural areas to live with us for a year at a time. He used to help pay for their tuition, uniform, room and board, and gave them spending money until they could become somewhat independent in Seoul. After graduating and landing a job, these students would come and visit twice a year on holidays with a small gift. My father had compassion for those that didn't have much. My eyes redden as I remember the way he used to close his eyes with poise.

My pail faced father enjoyed wearing white shirts and white pants when he was young. When I used to look up, held in his arms, my eyes would meet his smiling face. I have inherited his love for nature. He raised 10 children and also raised various types of cacti. He had an artistic flair and always carried a camera. My mother kept pictures he took of flowers, mountains, and ocean. Taking after my father, I have also enjoyed photography since Junior High.

My father punished me once when I was seven years old. I was playing with a friend when my brother asked me to bring out a pillow from the loft. I got angry since I didn't want to be disturbed from playing. I took out a pillow and threw it at him. Our house motto was honesty and obedience. I had to stand in front of a banana tree with a pillow on top of my stretched arms. I tried to hold it in but burst into a loud cry that rang throughout the neighborhood. My father carried me into the house, his eyes were wet. I think he had been watching me through a cracked door with a broken heart.

My father immigrated to U.S. with family in 1974. My mother came 2 years earlier to help me. Then I moved to Orange County for my husband's work. Since the early 80's, I wasn't able to see them often due to my involvement in church ministry. My father didn't like meat but loved soybean paste stew made with dried zucchini. Before emigrating, he only wore ironed boxers. It took some convincing that since clothes are dried in dryer that ironing was not necessary. He kept a tidy appearance and would not allow himself to burden anyone. After coming to U.S., he lived a faithful life after I shared the gospel with him. He left us after suffering 5 years from larynx cancer. I felt burdened in my heart for not ironing his boxers that he so wanted.

I used to go see my father when things got difficult with managing the women's shelter. He used to give me hope that successes and failures in life are not decided by situation at hand but with opportunities that opens up with time. He used to hold my hand and tell me that I cannot lose hope no matter how desperate the situation may be. The comfort and warmth of his hand was like the hand of God.

I thought often of my loving father while raising my children. My father is like an elm tree. Underneath, I always found rest. I wonder what kind of tree will I be remembered as by my children when I leave? Will I be a pine tree with lasting fragrance? Or an acorn tree that bears much acorns. Or a strong elm tree full of branches that gives out wide shade.

Fog is slowly lifting. Tombstone sparkles with reflection of sunset. I look back as I leave the cemetery with no lights and signs. Today, my father's grave doesn't seem so lonely. My heart is at rest. (9-2018)

Memories of Big Bear Mountain Cabin

ে✼৯

My husband and I enjoy going to the lake at Big Bear Mountain. For 46 years, since beginning of our marriage, we went to Big Bear every October. It's my husband's favorite place for vacation. Mountain peaks come into view as you drive for about two hours. The sky rises high in the thick of autumn.

In spring, yellow forsythias bloom and sway. I'm grateful even for abundance of clouds. Fragrance of pine fills my heart in autumn and, unknowingly, smile crosses my face. Clouds above the mountain top look like ice cream. My nose is touched by leisurely floating white clouds and smell of Big Bear Lake in the breeze. Whether summer or autumn, Big Bear Lake embraces both dreams and loneliness.

Upon arriving at the condo, we drink a cup of tea and head out to the lake. Walking along the lake for a while and you come to the end. Losing its depth, lake exposes its nakedness. Drought is severe. It seems tall trees symbolically cover the nakedness of lake. This perfectly nestled lake where moon and stars rest on now reveals dried and cracked bottom from drought. How could this be to a lake that was filled with water?

It feels like I've crashed into a strange planet. I long for the days I could lift up the reflected clouds on the palm of my hands. I try to appease my emptiness by whistling to the lake, but there's only echo in the air. There was flurry of snow in the afternoon. How wonderful it would be if snow came pouring and covered the desolate lake with water?

Even this year, this unchanging mountain presents beautiful autumn colors. I place a pinecone on my hand from a tall pine tree and the smell of pine is on my fingertips. Walking through the pine forest, there are yellow gingko leaves flying in the wind. It matches beautifully to the rainbow of roof colors across the lake. Will visitors come to this remote place to build memories at this condo? Laughter from other condo units fill the sky.

Mountains do not change even with changing of time. When you come to Big Bear Lake, you will meet my sister-in-law(my husband's cousin) sleeping under a pine tree, a huge tree called Water Column. As she requested, we scattered her ashes under this big pine tree 5 years ago when she left us at age 63 from a heart attack. She always laughed as if she had a well of laughter in her body somewhere. I feel like she is waiting for me whenever I come up to the mountain. I tell her all the memories that she hasn't heard about. My sister-in-law, who used to tell me about beauty of waiting, was full of patience and humbleness. I long for her.

2 years before she left us, when we went to visit Korea. She served us a feast with duduckgui (grilled Korean root dish) in the morning because it was my husband's favorite. She was a warm person. Although we were the same age, she treated me with respect as an elder. We enjoyed having lots of conversations as we traveled together through southern coast of Korea. 2 years before she passed away, she brought few elders from her family to U.S. on a tour of Grand Canyon and to treat them to good food. She had strong filial devotions. My husband was her closest of all cousins. Even though he lacked words, he shed tears of affection in front of the pine tree when we were about to leave. Embracing the breeze through the pine trees, every moment feels precious and I don't want to let go. When I return next spring, I will have more stories to share and will scatter them like pine flour.

Stars spill over cold night in silence. With smell of coffee, our hearts are settled with soft moonlight. As we let go of words, the nature is speaking to us. I am grateful to enjoy the luxury of memories and moonlights. If I am moved by leaves blowing in the wind, beautiful music, rainbow sky, flowing creek, sounds of flying birds, isn't that enough for my life's happiness?

(9-2016)

Stories of Mother-in-law's Home

෴

Snow still hasn't melted on the mountain. The gray sky looks like it's about to shed tears. This is the most I have walked on snow in wet feet.

Right after we returned from honeymoon, in February, while visiting all the in-laws, we went to Kyung-gi-do Yichun to visit my husband's maternal side of family. With beef and dried fish in hand, we opened the gate to the yard. Grandmother peeked out through the door. It was apparent that she had been waiting since receiving the message that we were coming. She came out to receive our bows. She held my hands and danced around us in her crooked back and commented 'eyebrows like half moon and lips like cherry.' She was far into her eighties and couldn't really travel. She was delighted to meet her granddaughter-in-law and was happily talking and smiling.

Door across the way opened. It was uncle's wife. She had a white band tied around her head and seemed to be getting up. I could see hard life on the face of a woman who went through an ordeal. We talked about this and that. About sun down well-fermented gimjang kimchi was taken out and placed on a pretty dish. She made bean sprouts and stir fried beef and they were very delicious! I still recall that taste. Tea made with persimmon leaves from a tree in the middle of the yard was especially good.

Stories told by uncle's wife were like countless stars shining over creek flowing to ocean. Just like my mother-in-law who married at sixteen and triumphed over years of hardship, she also held tens of thousands of such stars in her heart.

First impression of uncle coming through the gate was like silent elm tree from back home. He had brown skin and seemed full of anguish. My mother-in-law, being the oldest of 2 boys and 2 girls, had never been to school. The younger brother, despite having studied abroad in Tokyo, worked at his brother in-law's grocery store. He worked as an accountant managing all of the finances. He drank instead of eating. Even with a high education at the time, he couldn't do his part. I can imagine the worries of his wife and my mother-in-law.

Returning home from school, I'm sure he had high expectations for freedom of wealth. But, he could not find a job anywhere. He became a drifter in his own country. In this stifling reality, I think the only thing that could get him through each day was alcohol. If this was the reflection of the times, then nothing could be done. But, uncle's wife's stories made my heart ache.

Reality of life is painful to a person who wants to escape the world. The inner struggle he went through is almost visible. I wonder if his intellectual superiority and pride has brought him to fail. I wonder if that has led him to live a pessimistic life and joblessness.

Uncle's wife was living through life's cold winter season. Maybe she longed for a life of stability like warm spring season. What is the use of grieving. As days go by, with life of anguish waiting for a warm spring, how she must have longed to taste the reality of that day in her heart.

Uncle's back, walking away, is the image of unmet, unseen inner sadness. Gray sky is snowing. Image of my mother-in-law's heartache turning into tears of sadness comes across my mind. Uncle's wife's countless stories pouring out in tears to her heart's content is like pouring rain from a cloudy sky. When reflecting on uncle's life, there really are no correct answers.

Sun is setting and its dusk. Our way back home is becoming dark. Although my body is going home, my heart still remains there. On the car ride home, the image of uncle, who lacked realism and couldn't adjust to society, remained in my thoughts.

(2-2017)

Autumn Consumed

❧

One night, deep into autumn, we went to my youngest daughter's house. Whenever my daughter and her husband leave for business trips, we babysit our two grandkids and their two puppies. It's fun and rewarding to do this sort of thing in our age.

I cannot sleep. Maybe my sleep rhythm has been broken since coming to my daughter's house. Hidden between leaves, early morning fog in silvery white color makes way for the morning sun. Two puppies followed me out and are running around the backyard to their hearts content. Clear morning air is refreshing. The house is on top of a hill and few houses below can be seen inside. An older couple is reading a newspaper in one house. Next door is a young couple busily moving about, maybe preparing to start the day.

100 year-old lemon tree was severely pruned in the spring. Despite my worries, it is bearing fruit. Fruits are still small but seem healthy.

With a cup of coffee in my hand, I went to the grape vines by the side of the yard. An older couple that previously owned this house used to make wine out of these grapes. They took the green grape vines with them when they moved out but left behind three of them as a gift. Grapes are harvested during September–October for wine but, with no knowledge of this, the grapes were left until November and were dried up on the branches. I felt sorry for the grape vines.

Seeing these grape vines, I am reminded of my childhood days. Each year my mother made wine out of green grapes to give to my father. The elders in the family praised her for it. One year she closed the jar so tight that the jar exploded. It caused chaos in the storage room by the living area. Wine had spilled and penetrated through wooden living room floor and the smell lingered for a long time. My grandmother was upset for a few months and my mother was so ashamed that she couldn't lift her head. She married at age sixteen and her head always hung low in front of her in–laws. I was sad to see her that way even as a child. Smell of the wine that spilled over 60 years ago still lingers in my mind.

It's been a week since we came to our daughter's house. Suddenly end of autumn is near. I missed seeing the fall colors. It doesn't compare to the fall colors of East Coast where the whole world seem to be set on fire, but the colors of aspen trees in Bishop is worth seeing. Just about now, there would be crunching noises underneath my feet when walking through the forest at Bishop. Yellow leaves like gold crown would fall by the wind like music. I think I will take the puppies to a neighborhood park to see Laguna Lake.

Top of the mountain is still full of fragrance of autumn. I think autumn is about to depart.

(11-2017)

I Want To Remain In Bishop

೩✻౨

I came to Bishop, again. I couldn't forget the blinding golden colors we saw last year. Autumn in Bishop is always pretty.

Scenery of eastern Sierra changes in autumn. Summer sheds color of green to clothes in yellow, orange, and red. Bishop has colorful mountains with many faces of lake.

South Lake is located ten thousand feet high. Superb picturesque view is reflected in the blue lake. South Lake is hidden in the peak. Following a narrow path through aspen forest down through aspen tunnel to the lakeside and my heart overwhelms. Winter comes here first.

Clear waters of North Lake to the rocks below feels cool. Numerous photographers come here to take pictures. The scenery captivates people. I want to be buried in autumn with mountain and sky, trees and breeze, lake and water, rocks and dirt, and fallen leaves. Beauty of autumn in every corner overwhelms my heart.

Blueness of Sabrina Lake peaking through reddish autumn colors add to the peacefulness. Aspen trees shed their leaves and shed their golden crown. This is a place of gorgeousness and beauty of autumn.

Lake of Heaven embraced by nature is not visible by car. Surrounded by mountains, it's like a mother's womb. It seems source of life begins here. Wind washes away loneliness and aura of the earth comforts sadness here. Heaven seems to speak to me of hope. It's like watching the vastness of nature on a giant screen.

We stop at a lodge in the middle of forest. Melted snow from Mount Whitney is flowing in faint sound through a small stream in front of the lodge. It is as quiet as bride's footsteps (Korean brides wear white cushioned sox underneath their Korean wedding dress). Clear water from the gorge is flowing endlessly. Embraced by Bishop Creek, lodge is surrounded by shadows of aspen trees. As sun sets, green hue of creek water changes to color of clay.

Is living life like meandering in thick forest? Those wandering in the midst, I want to tell them not to give up in sadness and pain, loneliness and suffering.

Things that were insignificant when I was young, like quiet and peacefulness, move me as I get older. Golden leaves of aspen trees and sunrays that stream through the forest reach my heart and lighten my steps. Visiting Bishop every year to see fall colors is like home to my heart and a secret garden that heals my soul. (10-2019)

Spring, Antelope Valley, Poppy Flowers

❧

Fragrance of flowers fill the place where winter had been. Every cell in my body begins to wriggle. In anticipation of spring, I took a trip with friends.

Antelope Valley, West of Lancaster. It is a vast protective area of California poppy fields. Even in this place that is famous for strong wind and changing of weather, spring is here in bright orange color. Strength of these wild flowers broke through the frozen ground of winter. Underneath the wide−open sky is a painting of watercolor. Vast hills are embroidered in flowers.

Flowers covered from Tehachapi Vista Point stretching through South to North Loop were amazing. After a drought, spring rain and sunshine saturated the ground like orange silk thread embroidery. Colorfully decorated poppy flowers are waving in the wind and dancing to greet me. I feel like I would turn orange the moment I step into the field.

Indians believed that God sent poppy flowers to drive away cold and famine in California. They represented richness and wealth during Spanish Colonization and were called " Copa de ore" which means golden cup.

Each beautiful wild flower has its own fragrance. Shape and color of flowers are cute enough to be buttons on my granddaughter's dress. Flowers that have gone through adversities are even more beautiful. Blooming after persevering through strong wind is a lesson for our lives.

Meandering through the mountain, we return home. Between the hills are lit by streaming sunlight. Quaint fields caught our eyes. Our hearts are comforted by visions of reflective light, scenery that opens our mind, and watching the birds fly beneath clear sky.

Blooming of poppy flowers depend on winter rainfalls and warmth of spring. In its uncertainty, being able to see this many flowers are amazing. I hope for more purple and pink lupines to bloom next year. With hope of natural life to rejuvenate in Lancaster each year, perhaps, this is one reason to return again next year.

(5-2016)

Poppy Flowers

Rain is spraying in the wind. It's March of 2018. Little bit of rain after a drought has made the whole world an ocean of flowers. It's been a few years since the last windfall of flowers. 15 freeway is packed with people going towards colorful hills of Elsinore to see poppy flowers.

I'm on my way to Lake Elsinore to hike with friends. This year I can admire the nature without having to go as far as Lancaster. I will see even more poppies. It is beautiful like they've been sprayed with paint or covered in carpet. It is a great gift from the Creator.

The whole mountain is in full bloom with wild flowers of names unknown. The whole area is fanciful like it's embroidered in orange silk thread. This area is known for dryness with only morning dews to awaken the flowers, but it rained this year. If I step into the field, I think I will turn orange. Gorgeous poppies and wild flowers greet us with waves like they are dancing in the wind.

Wild flower seeds buried in dry ground are awakened from slumber to bloom. At the right time, seeds sprout and bloom into beautiful flowers. Seeds are mysterious. Poppies, pure white snow cornflowers, purple dayflowers, yellow creeping wood sorrels, and unknown wild flowers in light blue are all in bloom. Seed breaks its body and tender sprout makes its way through heavy dirt. How hard it must have been? Bugs bit into them and wind blew against them. Even being stepped on didn't keep them from lifting their heads. I am moved by the thought.

Last year I went to California Poppy Reserve in Antelope Valley, west of Lancaster. It's a desolate area famous for wind and changing of weather. Wild flowers fight their way through frozen ground. They are displayed like watercolor underneath the open sky. Amount of flowers blooming each season depend on winter rain and spring temperature. Each year is different. But I am thankful that I can see the poppies. I returned home with hopes of seeing colonies of lupine in Lancaster next year.

Looking at flowers remind me of cloisonn color. I went to visit my maternal grandmother after my wedding. She gave me a gift of cloisonn handheld mirror because I was her first granddaughter. Coming from my beloved grandmother, this gift had a very special meaning for me. When I went to visit Korea 10 years ago, I purchased a cloisonn necklace and a ring at Insadong. I love my grandmother's cloisonn mirror. Cloisonne mirror from my grandmother along with necklace and ring I purchased will likely be passed onto my only granddaughter. Poppies and wild flowers are like colors of cloisonne.

Clear sky is blinding. I heard that poppies and wild flowers are blooming in neighboring Peter's Canyon. I think I will walk the flower paths in my neighborhood tomorrow.

(5-2018)

Birch Trees of Bangtae Mountain

It's been two months since I returned from Korea, but my heart still remains in Korea. I've been to Korea five times during 48 years that I have lived here. Each time I've been there, I can't help but to be in awe of "how in the world" it has advanced so much.

It was a short month, but the images of watching parading of cars on busy streets from 17th floor, farmers selling fruits in carts, young man and women eating fishcakes at entrance of South Gate (Namdeamoon) open market still linger before my eyes.

Watching news on TV, my husband said, "Honey, they had the biggest snowfall in Korea in 36 years." Smile crossed my face at the image of the whole world covered in snow. I am reminded of the beautiful birch trees of winter.

The scenery of colorful mountains captivated me on our way to KangWonDo. Fall colors of Korea cannot be compared to any other fall colors in the world. Bangtae Mountain in Inje had blinding blue sky. Clear creeks and rocky stones stood guard over the beautiful waterfall. Fallen branches and leaves from wind and rain flowed through the creeks. With stepping—stones and rocky stones, the scenery felt like a symphony. It felt like forest was flowing through my life.

Birch trees in fall colors are fascinating. They are like the queen of the forest. Birch trees in its greyish color, having shed colors just before winter, are like nobles or royalty. Their white trunks create bright scenery like white color painting. Crystal clear sky, fresh forest air, and sparkling sunrays are blinding.

They say these trees are impervious to bugs for a thousand years. Thousand Moral and Religious Cultivation (Chun Nyun Do) and Buddhist Scriptures (Pal Man Dae Jang Kyung) were inscribed on barks of birch trees for this impervious characteristic. Korean name for birch tree, Jajak, comes from the sound of burning birch tree. I am compelled to write a love letter on the barks of birch tree. These birch trees gave me peace and warmth in this strange place.

Returning home I saw ripening fruits on branches of persimmon trees. I see a mountain over yonder burning up with fall colors. The whole world is a canvas for falling red colored leaves.

Autumn is short but memories remain long. Although there are birch trees here, I long for the birch trees of my heart. I'm sure birch trees in Bangtea Mountain will endure this winter's cold with sun rays. Come next spring, they will stand in their own beauty to radiate fragrance. My heart is still strolling along birch trees of Bangtae Mountain. (12-2018)

Like Fragrance of Guava

❧

Peter's Canyon, where I have hiked for over ten years, was on fire few days ago. My heart ached as I watched live news for two days. I frequently went there because it was close to home. They said they are closing down hiking trails for now. Memories of people's footsteps still remain along the canyon.

About thirty years ago, Yellowstone was on fire shortly after we returned from a trip there. It made me really sad because Yellowstone became a place of special memories with friends and family. Just as it took a long time for Yellowstone to recover, Peter's Canyon will take a long time to restore to its original appearance.

My hiking friends looked for another hiking trail and decided on Hicks Canyon in our neighborhood. It was a foggy day in October. Although it wasn't a clear day, there were occasional sunray coming through in between leaves. There was fragrance of tall and wide eucalyptus trees along the streets. Long time ago, eucalyptus trees were planted in Irvine to protect oranges from strong winds.

It's been a while since I walked Hicks Canyon trail. Trail is bright because the people on this trail are bright. The trail thrives with young joggers, dogs walking with their owners, and elderly couples walking in sync with each other. They all seemed to be happy on this trail looking at each other and talking to one another.

We walked on dirt path. Bicycle passed by on paved path. There are houses along the path and leaning over their backyard wall are avocado, guava, lemon, and pomegranate trees. Some houses left out baskets of vegetables for people to take. Occasionally I have brought home cucumber and zucchini from there.

As we were nearing the end, there was fragrance in the wind. We followed and stood at the backyard wall of a house. It was the fragrance of guavas that had fallen over the wall. Guavas come in multitude of colors like yellow, red, and white. They are good enough to be called drink of the gods; they are nutritious with healing characteristics.

I picked up a few and brought them to my nose. Wow! This was not just a fragrance of fruit's yellow skin. It was strange. It was nothing to look at on the outside, but the fragrance was sweet and enticing. We nodded out heads and acknowledged that fragrance of guava is probably fragrance of heaven. It was fascinating. Cutting a fruit in half revealed pink pastel color flesh.

When I returned home, I put three guavas on a pretty plate

and placed it on a table. The sweet fragrance filled every corner of the house. I too was filled with fragrance of guava.

(10-2017)

chapter 4

Why
You Are Beautiful

Big Bear Lake, kissing Bridge

Boiled Radish Green Porridge

❧

Few days ago, I over ate. I ate until I couldn't eat any more.
I remember my grandmother making me boiled leafy green
porridge whenever I had a stomachache. She peeled the skin
off of boiled radish greens, chopped clams and boiled in
anchovy broth. Porridge was so good that my stomachache
would disappear. I made boiled leafy green porridge from
memory.

Whenever I visited grandmother as a child, she always
hung boiled cabbage leaves and radish greens to dry in a corner
section of her yard. This was enough to eat through autumn.
She said that there were times when she had to boil barley with
dried cabbages to fill the hungry stomachs when they were
poor.

Nothing fazes people nowadays since there is abundance of
food, but with changed times come changed perceptions. One
of the surprises from food science and nutritional science is the
discovery of benefits of boiled cabbage and radish greens. It
was discovered that they have plenty of fiber, minerals, and
vitamins. It is now considered nutritional food helpful for

anemia and to relieve hangovers.

Boiled cabbages and radish greens are no longer food from long time ago during hard times. Boiled cabbages and radish greens have found a place among food products and is loved by a nation of people as well-being food. It became an important side dish. Now there are businesses that specialize in boiling and drying cabbage leaves and radish greens.

I love saut ed boiled radish greens. That is the only side dish I need. My grandmother used to say it's tastier than meat and entices appetite to eat more rice. Saut ed boiled radish green is very tasty and sweet when mixed with scallions, garlic, soybean paste and sesame oil. It makes a favorite side dish. Soup or simmered boiled radish green is also delicious.

Unfortunately, my children don't really enjoy this. I wonder if it's because they were born here in the States. I hope one day they will appreciate this taste.

Currently there are fields of drying going on with the help of east, west, south, and north winds in the valley between mountains, in Buyeo City in Chungnam and San Chung below Jiri Mountain.

I have always dried my boiled radish greens in a wide bamboo basket like the olden days. During rainy seasons, it dries well on cloth lines in the garage. If you take dried radish greens and lay them in plastic bags lined with newspaper and couple of moisture proof packets, they will keep for a very long time when you seal them tightly. No matter how much effort we put in to them, they will never compare to those made in the valley that were frozen and thawed out and dried in E, W, S, N winds of Korea. Next time I visit Korea, even if I buy nothing else, I must buy dried radish greens.

(12-2017)

Mother-In-Law, the Cooking Teacher

❦

My mother-in-law was my cooking teacher when I didn't know anything about cooking. My husband would take me to my in-law's house on his way to work and I learned to cook from my mother-in-law. There's nothing to be ashamed about being a bad cook when you are a new bride, but I really didn't know anything. My mother-in-law didn't think I was pathetic, but instead she taught me step by step. Through these cooking instructions, we became close like mother and daughter.

My mother-in-law taught me that the most important thing in cooking is the right amount of salt. What kind of salty ingredient you use, like homemade soy sauce, salty soy sauce, or salt as well as the order in which you season will change the taste of food. When seasoning, she taught me to season with sugar and salt, vinegar, soy sauce in that order. Black peppers are good for meat and fish, but she said be careful how much is used.

Very first thing I learned was to cut green onions. They have to be chopped for sauces and julienne cut for seasoned vegetables. Bulbs need to be chopped fine for sauces and cut in large pieces for soup. If they are not very fresh, they can be blanched and frozen for later use in soups and stews.

Garlic uses were also very different. Smashing garlic with side of knife and mincing gives off more fragrance and is good for soup and kimchi. Garlic for seasoned vegetables or sauces should be finely chopped and sliced thin for braised fish. For Dongchimi, Pickled radish liquid kimchi, they should be sliced, wrapped in cheesecloths, and then placed in kimchi jars.

Gingers are good for reducing fishy smell in braised fish. They can also be used medicinally for cold when boiled with dried jujubes to make tea. They have to be used carefully since too much can make food taste bitter.

My in-laws had a huge family. Even 50 years ago, when I got married, they would go to early morning market to buy boxes of Napa cabbages, radishes, green onions, mustard green radishes to make kimchi. Naturally, this produced a lot of excess radish greens and cabbage leaves, which were then boiled and dried to make side dishes.

I also learned to make stir fried boiled radish greens. Boiled radish greens seasoned and mixed well with green onions, garlic, anchovy powder, pepper flakes, perilla seeds, soy bean paste, perilla oil and then stir fried makes a very tasty dish.

How about the boiled radish green soup? Mix soybean paste with boiled radish green and set aside while making soup base with dried kelp, dried pilchards, dried anchovies, onions, leeks, and garlic. It makes delicious soup when boiled together, even sweet to taste when simmered for a long time.

Braised radish greens with mackerel makes a wonderful side dish. Place wide leaves on the bottom of a pot with seasonings and place mackerels or pike mackerels and braise them to make an amazingly tasty dish.

My mother in law always warned me not to over season. Too much is not necessarily good. It's better to be slightly under seasoned than to be over seasoned. This applies not only to seasoning! She used to say if you over season a friendship, you could ruin a relationship. There are mysteries in relationships. Each person should be treated differently and appropriately she said. Each person is valuable and each talent must be drawn out. When people are treated appropriately, there is no hurt. What I learned from my mother-in-law 50 years ago was a huge asset while serving in women's shelter, meeting so many different people. This was a lesson I can apply to many aspects of life. Looking back, God sent my mother-in-law as my special teacher.

(2-2017)

Maternal Grandmother's Mung Bean Porridge

Heavy rain fell on California. This is the first time in 47 years that I have been in U.S. that rain came down continuously for 2 weeks. I came hiking to wet mountain road with a friend. When it rains I am reminded of a shameful and embarrassing memory of my grandmother's nose drip overlapping with my tears.

There was rainstorm for a few days when I went to see my grandmother to bid her farewell before leaving for U.S. Layers of time are washed away by rain and I'm brought back to a forgotten time. The heavy rain burrowed deep into my soul to meet me at this forgotten place.

Everyone has taste that they will never forget. For me, it is my grandmother's mung bean porridge that takes me back to the taste of home. When I used to visit grandmother during summer vacations as a young child, she would slaughter a chicken to make braised chicken dish just in time for my arrival. She would set a table full of sesame leaves, green peppers, and lettuce that grew in her front yard. Mung bean porridge was my favorite. I am overcome with happiness all over my body as the porridge makes its way down my esophagus along with radish green kimchi that was kept in a well.

The day I went to see her, I was excited for mung bean porridge. She used to come to outskirts of the neighborhood to meet me, but now she is aged and waits at home. She loved her granddaughter and it showed in her particular excitement just how much she loved me as I came into the house. She has always made her own mung bean porridge and not relied on others to help until she was way into her seventies. This was a huge labor for my grandmother. Bending over, she said mung bean porridge must be stirred continuously to keep from sticking to the bottom of the pot when, by accident, her nose drip fell into the porridge. I held my breath.

Not realizing what happened, grandmother continued to stir the boiling mung bean porridge. She placed the porridge on the table with side dishes and told me to eat two bowls, but I could not bring myself to eat it. She was sad to hear that I had a stomachache and couldn't eat. When it was time to leave, she packed me the porridge in an oak container lined with oiled paper. She told me over and over again not to share with others and that there should be enough for few servings. I still remember her handing me her cloisonn hand mirror she had carefully took out of her old drawer chest. I remember my mother telling me that it was a gift grandmother received from grandfather when he visited China, and she gave it to me.

I am reminded even more so today of mung bean porridge she packed for me in an oak container. I am ashamed of the day that I turned away from her endless love and made excuses that it wasn't my fault that I couldn't eat the porridge with her nose drip in it. She said over ten times how her heart ached not being able to see me eat the porridge. I hate myself. If I had realized then, I would have taken a few spoonful to make her happy. Since then I cannot eat mung bean porridge. It makes me cry.

In the midst of strong rain, I am comforted by memories from long ago. Rain drops on my face. The sound of rain reminds me how I long for the day my grandmother made me sizzling chive pancakes that sounded like the rain. My grandmother's love never ages in my mind. I am looking at footsteps left by someone. Someone behind me will see my footsteps. And with time, footsteps will get buried. It's been a while since I felt the sunray deep down in my heart.

(5-2017)

Bean Sprouts Rice

When I was young, my maternal grandmother used to grow bean sprouts in a pot in the corner of her room. Remembering how she used to pull them out to take to the kitchen, I began growing bean sprouts.

My grandmother had a large garden and a vegetable garden. Whenever I went to eat at my grandparent's home, my grandfather, who was an Oriental medicine doctor, often told me about ingredients in the food. He told me that bean sprouts were originally used for medicine not food. It is as good as mother's colostrum. He said if you use drained water from bean sprouts to re-water them, then they grow to become bigheaded sprouts. These heads are dried and used as a basic ingredient for Cheong Shim Hwan (herbal medicine).

Whenever my grandmother's legs swelled up or had muscle spasms, she ate a lot of bean sprouts. Whenever my grandfather over drank, he ate spicy bean sprouts soup the next morning. This soup, made with saut ed beef tenderloin, garlic, sesame oil, homemade soy sauce, pepper powder, and then boiled with bean sprouts, onions, and large green onions, has been in our traditional family recipe to this day. I also remember that my uncle ate cold bean sprouts soup. He had stomach issues and his body always felt heated.

Bean sprouts, a sprout vegetable, have no nutritional waste. When they sprout, they contain lots of vitamins, protein, minerals, and high in vitamin B1 and B2. It has extremely high level of vitamin C and is good for detoxification. Through many researches, benefits of bean sprouts have been well analyzed. I did not know that as a young child. The older generation's understanding in mystery of germination amazes me.

Bean sprouts hide in their black scarfs as if they are shy and only show their faces briefly when watered. Diligently watering them four times a day, they grow big enough to eat in five days. When I first started, I watered every two hours for the first two days. All the water drained out but when I peaked carefully into the covering, some grew side ways like reclining Cleopatra, some grew straight up and strong like soldiers. Although sharing the same water, they grew in their individual ways. Then on the sixth day, their straight up posture is revealed. It is a continuous image from couple days ago, but they are not the same. Their clean look reminds me of a new bride. Bean sprouts bought from stores have very little hairy roots. On my first try, bean sprouts grew long and thin with long roots. This time I lined with muslin fabric at the bottom of a pot with a small hole. They grew plumper with short roots and cleaner heads. You can pour buckets of water but they will only take what is needed and rest is sent through. Their lack of greed is what keeps them from rotting.

I called a friend and invited her to lunch of bean sprouts rice. She came in a heartbeat. Upon entering, she had a broad smile and said you can smell the bean sprouts rice cooking coming around the corner. I made sauce with diced homegrown scallions and soy sauce. Garlic from Gilroy, pepper powder sent from my sister—in—law, sesame seed oil purchased yesterday, and newly toasted sesame seeds are added to make a tasty sauce. Bean sprouts are mixed into freshly cooked rice and it makes my mouth water. What a joy. Perhaps, because it's homegrown, the nuttiness of bean sprouts head is particularly delicious.

Its common to find all kinds of beautiful and delicious dishes set on a guest table nowadays. A guest table set with just kimchi is rare. But, my friend was overjoyed to have received such a meal for the first time. Is it because it's homegrown? Still, even without any side dishes, this was a precious table.

Friendship doesn't require many things. Made with heart and soul, poured into it like pouring water on bean sprouts, one dish of bean sprouts rice is enough.

Yesterday was full moon. I heard grass warms. As I looked

up when sending my friend home, a full moon gave a great smile. It reminded me of my friend's sunflower face. Autumn seemed out of reach in hot summer but is approaching quickly. The aroma of bean sprouts rice is as deep as our friendship.

(9-2017)

Value of a Scallion Bundle

❦

It's sprinkling. This year is unusually foggy. I went to a Korean market with a visiting friend. We see that produce section is filled with spring vegetables.

We stop at the vegetable section. Our eyes rest on fresh scallions. What in the world! When its expensive scallions are 99 cents per bundle, but now they are 99 cents per 10 bundles. My friend said that in Korea price of scallions is like price of gold and with that she laughed and said she wanted to take them home.

Being empty nesters, grocery sales are often nothing more than just a picture. That's because we can't possibly finish them. But, today, I am firmly planted in front of scallions. It's so cheap I even feel bad about it. I can't walk away, at least for the sake of those hard working farmers. I came home thinking I would make scallion pancakes with oysters and scallion kimchi.

Scallion bulbs with full head of hair are stuck in ground upside down before they come to us. Cleaned and washed, shedding their stiff image, they lay on my cutting board. The bulbs are clean and pretty in milky white skin like a newborn baby after a bath. Dicing the round bulb section, showing off layers, reminds me of a bride covered in veils. Unique smell of scallions entices taste buds.

I remember learning to cook from my mother−in−law was fun and amazing. She taught me to cut scallions first.

Scallion pancakes, scallion soup, scallion kimchi, and scallion salads are amazing. Chives are hard to clean but wonderful in sauce. Pancake with chives and oyster is absolutely delicious.

Scallions are used in so many dishes, from root to tip. Dongchimi (cold kimchi soup), when fermented with pepper, garlic, ginger, and pears, and scallions, blends into uniquely delicious taste.

My mother−in−law said to "never over season" when she taught me to cook. She said the natural taste of food would get lost. This doesn't only apply to food. Keeping from excessiveness is a virtue in life. My mother−in−law's food was just as superior as she was in her character. She is definitely someone to look up to.

After sprinkle of rain, ground is covered in fog. I think I will make scallion and oyster pancakes and scallion kimchi to share with my friend. My taste buds are excited thinking about scallion soup my neighbor made for me when I was sick. I think I will make scallion soup in the morning. It was good that I bought all those fresh green scallions. (3-2017)

Radish, So Pretty

❧

So white and long, radishes are pretty. Plump ones are pretty. Even the ugly ones are pretty. Why do I do this to you? Why do I peel you with a knife!

White body is firm. Color is clean. So pretty I cannot let you be. I give you a bath and lay you on a cutting board. I dice you into size of Go game pieces. It's useless to scream. I look down on you. I sprinkle salt all over you. I take red pepper flakes and sprinkle like a storm. It burns. It's spicy, and it hurts. I sprinkle salty shrimp, spicy garlic, bitter ginger, scallions, and sugar. Ah! You suffer and finally lose your stiffness. You are Radish Kimchi.

I cut you in half. As if that's not enough, I sprinkle salt all over it. Your eyes burn, your body itches. I am sorry. I still really like you. I push you into a jar. I pour salt water. You are devastated. You shrivel and turn yellow. I will see you in a month. You are Pickled Radish.

I cut you into flat pieces. I sprinkle salt lightly. You seem lonely. I call on your cabbage friend. Before you know it, you're pickled in salt. I bring thinly slice pears, parsley, scallions, garlic, ginger, and red pepper to you as friends. After being pickled, I wash you and pour salt water over you. I am sorry. You are Nabak Kimchi.

You are white, clean, lean, round, and plump like a full moon. I bathe you. I place you on a cutting board. I slice you into thick shreds. It must hurt. I place you under the sun for days and you cry and cry. Heat of the sun makes you shrink and shrivel. Your flesh turns yellowish. You are Dried Radish.

To experience new taste in life, you must be cut, pickled, and suffer!

(7-2018)

Old Age Like Wisteria Flower
– goldfinch purple throne

༻✦༺

Park in front of our house is pretty and quaint. Encircling the park are coral trees dangling with tender flowers of coral colors. Wisteria tree covering the bench is dried and looks almost dead. But, in 3 months, there will be new green sprouts entering the joy of spring as if to teach a lesson that anything with life will sprout again. Gorgeous purple flowers will bloom. Although it must have pumped water tirelessly through the branches, the wisteria tree stands expressionless.

Garden patio in the park is square shaped. There are eight columns all intertwined with wisteria vines blooming with purple flowers. There's no way to keep from getting intoxicated in such rich beauty. Flowers and leaves cover the comb-shaped trellis and falling over on both sides. Shade is large enough to cover 3 big tables and then some. In between the trellis opening is sunlight revealing the sky. Literally, it feels like standing in a picture.

Time to time I come out to this beautiful park with a book. Sometimes I rest under wisteria tree or walk couple of times around the park. We had a barbeque party with some couples last year. This year my friends arranged it again for Father's day. Underneath purple flower covered trellis, our laughter blossomed over potluck meal and dessert.

Our friends live close by and we see them often. We hike together and share meals together. We share lettuces and peppers from each other's gardens and our joys and sorrows. It's probably our consideration and respect for each that has kept our friendship for 40 years. Whenever we gether we share endless conversations small and big. There are as many stories as there are stars in the sky.

One friend suggested going to see the 'Pageant of the Masters' at Laguna Beach before the summer is over. We joked about maintaining our cultural life, but it seemed like a good idea to see it at least once. I'm sure emotions will vary depending on the pieces that are presented each year. We all welcomed this and agreed to go despite the expensive ticket prices. Besides, there must be a reason why so many people talk about it.

After 3 hours of searching, a friend found a good price and bought the tickets. We will be turning 70 years of age soon, but we don't appear as old. I wonder if this is because we still have passion and romance for life. I wonder if wisdom for aging well is to live actively and positively instead of taking steps backward. Before we give up, I think we should live each moment enjoying the process with gratefulness. Perhaps, we are more excited about planning and spending time with friends rather than watching 'Pageant of the Masters'.

Sun is setting. It is beautiful. Even though wisteria tree must have worked hard to bring up water to feed its vines, it provided beautiful shade without a flinch. In the same way, in each of us, there must have been hidden patience that has brought about this beautiful friendship. Like spring comes after a hardship, we will become good witnesses to each other in our old age. Through our old age, we will live loving one another.

(6-2016)

Obituary of a Friend's Husband

❧

I heard obituary of a friend's husband. Although he was sick for a long time, hearing the news made me feel sad and restless. I am bawling. Do I need to take comfort in that it's not my friend that passed? Regardless of how I think, I can't keep from crying.

He was a good man who went too quickly. Tears gather deep my heart and it explodes. Friend's husband was good, pure, and sincere. He always looked lonely. He rarely smiled and his speechlessness made him seem to live in solitude. Before closing his eyes, my friend whispered in his ear that she loved him, she forgave him, and that she was sorry. He said, "I see doves". With these last words, holding her hand, he peacefully closed his eyes. My friend, in her tearful voice, told me of his death.

I met my friend couple 42 years ago when I was evangelizing. They looked kind, and they were. They have volunteered tirelessly at the shelter to help needy women for the last 20 years. Although they may have struggled financially, they always bought birthday cake for anyone with a birthday at the shelter. I felt their bitterness after their business failed. However, I saw vision in their eyes. 10 years ago my friend's husband found an antique clock from a garage sale, fixed it up, added a pendulum, and hung it in our home. It still hangs handsomely in our home

Our relationship with this friend couple is comfortable enough to talk about anything in our hearts and always longed to see them, but we were secure in our relationship even if we didn't see them. My friend's husband is not a person to talk about everything. He had pure heart and always held his words.

My friend said that there are no tears, but she cannot breath. Perhaps, there are no tears because her sadness is too deep. May be deep sadness penetrates through the bones and pierces the soul. My friend spoke like a monologue, "I remember a writing that said that bereavement is suffering that is hard to bear, but that suffering is a part of our happiness. We have shared that happiness together."

Who is taking care of peonies in her backyard? Who's going to pick the dates? Who will take care of azaleas and pine bonsais? His dedication for going to LA to buy moss for his wife remains as fond memory. He was good and always put others before himself. There were some who came to the shelter that were comforted by him. He left a good influence.

"My friend, let's see each other often. While we are in His grace, let's meet whenever we can. Who knows what tomorrow will bring. Every morning that finds us each day is a gift, an impression, and a miracle. Let each morning bring us new birth. To be alive is a great thing. Let's rejoice this moment in the miracle of being alive to receive spring. Let's live every moment with joy. Just being alive is enough."

(1-2019)

Poor, Yet Rich

I have a really good friend. We have known each other for a long time, long enough for mountains and rivers to change four times.

I met her when I was visiting homes to evangelize. Apartment door cracked open to reveal a face of agony. She must have been in her early thirties. She sat with a baby in her arms yet her eyes seemed lost. The image of her sitting with a baby feeling dull with life is still very clear in my mind. During our brief visitation, she only looked at her baby's face and didn't say a word. She gave birth to twins, but six months ago one of the twins went to heaven. She was raising a baby girl and a 6 years old son. This was the heart of a woman who buried her baby. Without missing a single day, she went to the cemetery with bouquet of tears.

About a year after meeting her, I was sick in bed. She came to visit with grilled mackerel, seaweed soup, seasoned bean sprouts, and toasted seaweeds. After eating her food, I regained strength to get up. Since then, we became friends longing to meet to chat over things happy and sad.

She and her husband worked hard at their business without a rest, but they struggled financially. With rent and employees to pay, they went to Swap meet on weekends to make ends meet. In my mind, if you could become as rich as you worked, then this couple should be rich. It's been 10 years since they started the business. It had been hard work, financial stress, and battling with depression. How difficult this must have been? One day I was comforting her tapping gently on her back when she got up and said "Ah! I will be free tomorrow."

I was at home resting after a cancer surgery. For about a month, this couple came by early every morning driving 15 miles in a van to drop off a vase of five poppy flowers at the front door. They have experienced trials and disappointments and, perhaps, we have arrived at the same place? This flower of friendship will always bloom in my heart.

There is no pretense with her. She called after folding her business that she's happy even if they could only eat rice with water, kimchee, and seaweeds. She boasted that she had a whole chicken on the day she ate ramen with eggs. The day she bought three bags of spicy cold noodles for $10, she called with an excitement to tell me that she had a special meal.

She's like a stream. She continues to flow without changing. Her home is lined with books. She loves poetry. She said reading poetry makes her kind. She particularly loved poems by Hoseung Chun, Sihwa Ryu, Junghwan Do, Inbok Ham,

Taejoo Nah, Chaebong Chung.

A small yard in her apartment is filled with bonsai trees of Pomegranate, Maple, Juniper, Boxwood, Jujube, Ginkgo, Plum, and Evergreens. In a corner of her yard are two clay pots. Large one is filled with rice and small one changes with season with things like persimmons, dried persimmons, and jujubes. She even stores Hachiya persimmons when her relative, who is a nun, visits in December.

Her heart is as pretty as cotton cloth. Her life may be hard, but her heart is as pure as the white puffy cloud floating in blue sky. A month ago she left water hyacinth at the front door with a note, "Don't forget to pass out rice cakes when summer flowers bloom."

On the days that my heart is downcast, she would call or send me a Kakao message, as if she knew. She delights when I tell her that I had breakfast with a fragrant cup of coffee on a table decorated with her flowers.

Her life is living out 2 Corinthians verse, "sorrowful, yet always rejoicing; poor, yet making many rich; having nothing, and yet possessing everything." My precious friend, who always creates happiness and love out of small things in life, is always next to me even in my thoughts. She is like jacaranda in spring, water hyacinth in summer, ginkgo leaves in autumn, and hachiya persimmons in winter. "She remains a friend even though we may be 1000 miles away." I love her for the eye of her heart is brighter than the physical one. Without words, she makes me realize the limitation of what we possess and the ways we ought to live life.

I wish for my friend to always flow like the sound of stream that is innocent in spirit and full of dreams.

(6-2017)

Hiking

I have many people's names in my heart that I am grateful for. I cannot forget my friends who took me along on hikes even though I didn't like to exercise.

It was a spring day about 15 years ago. A friend took me to Laguna Canyon on the side of 133 highway for a hike. It was May and the beauty of wild flowers stoled my heart. Shy brier, purple violets, lily of the valley bursting out of pink bulb, light blue rhododendron, and white Persian speedwell that is slightly larger than a snow flake which makes me want to sew it on as button on my granddaughter's dress. I was speechless with joy to see all these wild flowers in one place. There were many paths as we walked drunk on flowers. Fear of path ending or running into strangers subsided as I walked with my friends. There are no words to describe the happiness of walking along mountaintop with friends.

A year later, I had surgery for colon cancer. We started hiking 6 weeks after the surgery and my health restored very quickly. Hiking is the greatest gift from my friends.

Meeting and breathing nature, I embrace this great gift of

nature to my hearts content. I had experienced healing from peacefulness of nature before. Nature's true image is revealed with each season. Sometimes you run into pouring rain when hiking in summer. Nitrogen is the best nutrient for life. Nitrogen only comes through rain. There's no greater blessing for plants than summer rain.

We started hiking as couples. But with time, only women remained. Busy with moves and other activities, it became difficult. We've been hiking for 15 years now and there are three of us that have been consistent.

We have hiked many different trails. A few years ago, since our ages turned late 70's, we decided on Peter's Canyon as our hiking trail. We are thankful for this wonderful trail so close to our home. There are easy flat surfaces, we also climb 3 hills, and there is also a training course for Pilgrimage to Santiago. You choose the trail that is comfortable for you. Nowadays, we are not able to climb the hills.

It warms my life to know that I have friends to hike Peter's Canyon with. I want to enjoy life with friends as long as my health permits me. Chatting after a hike is also very enjoyable. I strongly believe that where I am standing is the place and time for blessings.

(5-2017)

A Friend, Becoming a Jewel

❦

We meet a lot of people, but there are some people whom we cannot forget.

When I first met her, a long time ago, she was wise in her words and actions and she possessed a beautiful attitude. Because of her husband's business, she entertained lots of guests from Korea. It was impressive how she handled hospitality without any complaints.

She was careful to listen to others and always made people comfortable. That doesn't mean she was always silent. She spoke when it was necessary and used appropriate words. I often admired her for her unexpected comments and expressions that penetrated one's core.

We all have pain and suffering and she was no exception. She was born into a prestigious family but everything else in her life was difficult. Whatever life's trials she faced, she pressed on with faith and wisdom. Even when she was torn and drifting, she held on to Jesus. She used past regrets as stepping stone to maturity. She never stopped living. Even when things were hard, she would raise her sail of perseverance and humility and pressed on.

Because we want to pursue perfection, we hide our pain when we experience myriad of disappointments. This comes from our selfish desire to make our lives seem perfect. She was not that way. She was truthful. She was honest. She just lived life in God's grace.

The standard of happiness differs with people and is not absolute. Perhaps what may seem like pain to others, we humbly let go and continue to forge on with life's meaning and purpose. We let others take the better seat and selflessly stand behind others.

She took time to teach computer to seniors, she posts pastor's sermon notes on website for others to see. She does all these without a word. She's like a silent mountain in the midst of clear blue sky. Jewels are forged in fire. If jewels are cut from stones, then I want to call her a jewel.

In last 40 years, we have become mutual counselors. We became molded in warmth and closeness of our hearts rather than in materialistic joy. We share many conversations. In my desire to live a meaningful life, she encouraged me to write. She is a smart, deep, and wise friend. She is a jewel that has been forged by a life of suffering and turmoil. Whenever she stands before a rip tide, I comfort her by saying that jewels are made this way.

Even today, she is fearlessly walking up a stiff hill. She

values a day's worth of joy to live a meaningful lifetime. When the moon rises, dawn is near, when the dawn of suffering passes, brilliant morning will come. In that morning, my friend will undoubtedly be where she needs to be.

(1-2018)

Becoming Autumn Colors on Its Own

Autumn came like a waiting lover. Quiet excitements are the joys of life. My closest friends, with whom we share our inner most thoughts, drove difficult winding road up 6,752 feet above sea level to Big Bear that even guys would hesitate.

Entering Arrowhead Lake, you can begin to see the colored leaves of autumn. Even though the colors of foliage haven't fully changed, we were giddy with excitement like schoolgirls. We drank hot coffee from McDonald's and circled the lake. Silver colored lake, white marina, and fallen red and yellow leaves on the lake were like a postcard. It is art.

Shopping center here has been dead for the past 10 years. But I am thankful for small stores and restaurants that still keep this place running. A Christian bookstore has been here for 23 years. This is an important place for me as I shop for Christmas gifts here every year. The storeowner always has a smile like the silver colored lake. Her calm and kind voice is beautiful.

We drove some more to Big Bear Lake. Laughter broke out as we entered and unloaded our luggage in the place we will stay. We each chose a room and then displayed our cooking skills. There is no better chef. We grilled thinly sliced sirloin beef for dinner. On top of a sesame leaf place a rice paper, then thinly sliced radish, mixed chives, and grilled sirloin beef with spicy sauce to top it all. Soybean stew was delicious. With radish kimchi and a few side dishes, we were very happy.

We geared up as autumn ladies and took a night stroll to see the stars. Temperature dipped down to 36° F and it was cold and dark. This is a place of ancient stories. It seems to hide human mystery and reveal the nature's mystery. Stars rushed into my heart. Sparkling with stars, Big Bear sky was bright and it thrilled my whole body. The universe is raining on us. Entering through the eyes, stars pressed down on my heart. It's hard to breath. My heart is about to burst. I feel the realize a poem, 'when starlight is so beautiful, my heart saddens.' After enjoying the stars to our hearts content, we returned to our rooms. We talked through the night and conversations flourished.

It's dawn. Breakfast is prepared by younger friends. It was dumpling soup with potatoes and toasted rice porridge for breakfast. What a treat. I pressed my hand over my heart overwhelmed with gratitude.

After a luxurious breakfast, we walked across the Kissing Bridge and began a walk around the Big Bear Lake. Although this is a man made lake with melted snow, it is as big as the deep blue ocean. I am thankful to be alive. Who knows when my life will end, but I am happy to have friends who understand me and can read my heart with just a simple glance. It is good to be with people who feel 'if you are happy, I am happy'.

Fallen leaves end up on water or path and return home. It's good even without pretty autumn colors. We walk side by side through the reeds and become autumn colors ourselves.

(10-2019)

Couple From A Town On Mountain Top

✑

I am standing on top of a mountain in Ventura County in a big yard with wide opened views all around. Valley across the way is full of mist. Many layers of ridges are connected much like curves in our lives.

A kindhearted deaconess with clear laughter made kimchi with radish greens. She said that they grow like weeds on top of the mountain. After she made kimchi, she dried the leftovers. With her quiet and clear voice like crystal stream, she said, "Please take home some dried radish greens and stir fry them."

I met this Elder couple when I worked as director of Home on the Green Pasture. They are special people. They would visit the office just to comfort the staff. They helped missionaries all over the world and neglected neighbors. Their flame of passion for Jesus never burns out. They are happy living and praising God from top of the mountain.

They moved to this place that God prepared for them three months ago. When they moved in February, their yard was covered in radish greens like weeds as tall as people. They said with a smile that there may not be much joy in pulling out weeds and radish greens but seeing silvery ocean at the end of the horizon is rewarding and brings much joy.

The room I will stay the night is like a picture of nature. With a low window, nature seems even closer. She said I would even enjoy the wind between the trees. I think I understand why she invited me.

Dinner table is set with pumpkin leaf wraps, radish green kimchi, and green leafy vegetable. I am reminded of my grandmother's cooking. Her husband, an Elder, enjoyed the food like it was set for a king with just radish kimchi on the table.

We went to the top of the mountain. The beauty of harmony of lights and shadows casted by the sunset captivated us. Mountain across the way in sunset is like a picture. We could read joy in each other's eyes.

If sunrise is youth, then is disappearing sunshine in sunset old age? Sun setting makes us feel like experiencing death daily. Sunset fades until there's not even a trace.

Sky embraces darkness over the mountains and fields. We laughed as we said that this is the place that makes us want to go back to the Garden of Eden. What a joy it is to share the truth with spiritual friends. Sky is filled with bright stars. Crescent moon subtly shines like it's closing its eyes.

While it's still dark, life awakens in the forest the next morning. On God's canvas, yesterday's sunset is resurrecting as sunrise soaring from the east. My body shivers with ecstasy.

Mountain is vastly wide. Sun is unusually bright and beautiful. Darkness disappears wherever light touches and vegetation on the mountain are rejuvenated. It is a great blessing to live in this beautiful world.

I felt healing the moment I was invited to this place. I have long to come here, but hesitated because I was told it would take about 2-3 hours. I finally mustered up courage to come and I am so glad I came.

Mountains, sky, and weeds are all you see. It's like a life cut off from the world. It's a life of humbleness, freedom, and peace. Here, your happiness is not proportionate to the material abundance.

I will never forget this moment, 2 days and 1 night of peace. When I go home, I will eat green leafy vegetables and stir fried radish greens. Rays of sunlight bursts into my car.

(6-2020)

chapter 5

Looking for
the Lost Rainbow

Laguna Niguel Regional Park, CA

You Also Ought to Wash One another's Feet

෴

It is 2:30 A.M. and the hotline is urgently ringing. Most of the calls are either from emergency room or police station. It is SOS for women collapsing from burdens of suffering. Their tear filled eyes are full of uncertainties in the midst of storm and losing indicators of life.

When we bring these women, full of pain and fear, to a place of safety and rest and tell them that they can design a new course of life for themselves, they feel relieved in discovering this single ray of light for life.

All people seek for happiness in life. We marry for happiness, but this happiness is not as easy as buying a pretty flower from a flower shop. This happiness is only possible when both husband and wife share the burdens of life, love, and value each other.

In a recent survey, people were asked what word best identified Christians. Many people answered salvation or compassion. This means that genuine Christians can empathize and sympathize with people. I think this is the noblest characteristic that God has given to man. Mercy is the antidote for soul. It is pure heart that transcends good and evil.

There is something I learned in a recent weather storm. Even the old trees and trees with deep roots will still fall. However, some trees that are not very tall and not deeply rooted can withstand strong storm. That's because their roots are intertwined with trees next to it.

Jesus came to earth to serve us. There is a great realization that comes from Jesus' washing of disciples' feet at Passover. He did not rush to wash because he didn't have time or spent more time on one because he loved him more or did not washed Judas' feet because he will betray. Instead, he probably washed Judas' feet more carefully. Then he said, "If I then, your Lord and Teacher, have washed your feet, you also ought to wash one another's feet." To serve is to be an example and to do things for the need of others even if I hate doing it. I believe all that we do; we must do it not for man but for God.

I give all glory to God who watched over us with eyes like flames of fire. For 25 years, He never left us alone, not even once, to save these struggling women from suffering and life threatening dangers.

"And I am sure of this, that he who began a good work in you will bring it to completion at the day of Jesus Christ." Philippians 1:6

(6-2020)

Home of Tears on Green Pasture

It has been 2years since my retirement. God's calling I felt during my ministry at Women's Shelter for Domestic Violence still remain deep in my heart. My heart felt crushing pain when victims brought children.

Victims have been brainwashed by their abusers that 'they deserved beating'. While counseling, you discover that most abusers have propensity for violence even before marriage. However, because of love, some victims believe that once they are married and have children it would get better.

Victims receive 3 months of parenting class to prepare their hearts to raise their children effectively. They also learn wisdom for life through personal enrichment classes. Education in domestic violence is a requirement.

Children who grow up watching domestic violence sees this as an acceptable behavior. Victims learn through education that domestic violence is not their fault and to justify this kind of violence is just an excuse for the abuser. Victims worry about the effects this will have on their children. When teenagers experience domestic violence, their chance of drug abuse and suicide is very high. It also increases the likelihood for them to become abusers or be abused.

Most women coming to the shelter do not talk much and do not express what's in their heart. This has become their lifestyle due to oppression and abuses by their spouse. We have to respect their unwillingness to open their heart and give them time and patience. We begin by establishing a relationship with them. We wait with faith in God knowing that His will will be done through 'Home on the Green Pasture'. However, when it comes time for them to leave the shelter, there have been more than a few times that we hold their hands in prayer struggling with frustration because there is no place to send them. So, sometimes 'Home on the Green Pasture' becomes 'Home of Tears on Green Pasture'. Even after retirement, memories of countless women remain deep in my heart like fossils.

I cannot remember everyone I served in last 25 years, but there are many who stay in touch and have lunch with, counsel, and share life stories with. Those that have fallen out of touch probably have their reasons and circumstances, but I believe that they are living hard and doing well.

On a hazy day like this, I am reminded of many who left the shelter. Leaving on their journey with their hearts mourning in prayers, biting their lips in sadness··· these are the images I will never forget. My heart still heats up whenever I think of the them.   (12-2019)

Like a Stream Going out to Sea

❦

Sounds of rain knocking on my window sounds like beautiful symphony. I reminisce in the aroma of warm tea. The memories of women and their young children who came through the shelter, and how we cried and laughed together are going through my mind like an old movie.

Many women and young children came courageously seeking shelter from abuse and violence. Their sufferings and tears have never left my heart and mind for the past 23 years. As someone who is loved by God, I started this ministry with desire to share the burden. It was not easy. It was always a difficult task.

General public and society's judgment on victims of domestic violence is scary. Because the violence is contained within family and kept from going out, it continues in concealment. Sometimes this violence can be brutal. There are knife stabs, cigarette burns, and strangling, setting fire to a blanket the victim is under, and even beaten tied to a chair. Abuses become worse with time and their husband's threats keep them from leaving. It is a scary and miserable reality.

Instead of understanding suffering and pain of these victims, there are people who view them negatively or dismiss them as someone else's problem. Abused women, due to their victim mentality, often become mentally ill and try to commit suicide. Although exhausted by abuse, fear, and unspeakable pain that could not be told to their families, the women that come seeking shelter do find laughter again and receive courage. We begin with family counseling therapy, victim counseling therapy, and also give legal advice. Improvement with therapy, some do return to their homes. However, less than 0.01% of the wives feel safe. Legally husbands are required to take counseling sessions and training. Helping husbands to change is probably the best option. The joy of seeing someone change is extremely rewarding, even if it's only one out of a hundred thousand.

Many streams come together to become a river and many rivers come together to become an ocean. There must have been countless amount of flowing water to reach the ocean. 〈Home on the Green Pasture〉 flowed to where it is today through past times and much work. It is my desire that this mission will continue like an ever-flowing stream. I pray that more churches, neighbors, and supporters will come cheering bringing guidance to those dreaming of healthy and happy families and end the scars of domestic violence. Just like scent that comes with blooming lotus flowers in a pond, when loving volunteers gather, there will be daily scent of hope.

The rain has stopped. The past memories in my head also subsided. The Home on the Green Pastures will continue to write countless stories. There will be bright and hopeful stories. I put down my cup of tea with the expectation that my heart will be saturated with stories of healing and restoration.

Being confident of this, that he who began a good work in you will carry it on to completion until the day of Christ Jesus (Philippians 1:6)

(7-2016)

Story of Shelter's Backyard

࿇

There are people I am reminded of during persimmon season. When shelter opened 25 years ago, deaconess Hong donated a persimmon tree and a jujube tree. They were superior grade of trees she had purchased from her sister-in-law's garden store. With sun shining in the shelter's backyard, they became fully grown trees as wide as the heart of deaconess Hong.

Persimmon tree bears huge and very sweet fruits in November. We climb a ladder to get to the top to harvest every one of the fruits. We tied CDs on branches to chase away birds with reflections but to no avail. So, we share with crows and squirrels.

We make tea with abundance of persimmon leaves. Young leaves are picked in the morning in May when the sunray is hot. Picked leaves are washed two to three times and then dried in shade for 2-3 days. They are sliced thin and steamed in cheesecloth for $1\frac{1}{2}$ minutes and cooled under a fan. They must be steamed to keep vitamin C from getting degraded in storage. After leaves are steamed and dried, prepared leaves are placed in plastic bags and kept in a cool place. Leaves are steeped for 2–3minutes in slightly cooled hot water to drink. Ladies living in the shelter really enjoy drinking this tea. They said drinking this tea really comforts their heart.

New leaves sprout on jujube tree in spring. Long awaited green sprouts appear after harboring through the winter. Jujube tree is also a superior grade and bears large and sweet fruits. They are dried after harvesting. Then they are boiled with ginger in winter to make tea to prevent cold. When a baby turned hundred days old in the shelter, we made white rice cake with dried jujubes and raisins.

Many vegetables grow in the backyard garden. We planted green onions, peppers, sesame leaves, cucumbers, lettuces, tomatoes, eggplants, chives, and more. As the ladies water the vegetables, healing takes place through nature. Some would cry as they water. Heart is like water. They pour out and then stop, like silence after a cry.

Fighting to protect the garden from moles is not easy. When moles steal lettuce, they pull from roots from underground leaving no trace. We tried to eradicate them, but not much can be done as they roam freely underground. Not even a month after the eradication, they appeared in our neighbor's backyard and then easily moved back into our yard to completely destroy the garden.

When looking out at shelter's vegetable garden, you learn

the principle of hard work and harvest. Sometimes you experience that no matter how hard you try, you can't stop enemies from intruding. With experience of repeated failures, you learn to let go of disappointments.

As you water the front yard, your eyes are drawn to mailbox when waiting to receive news. Memories from the past are dug up like freshly dug up potatoes, all connected by the roots. I wonder how sister H is doing and where she lives with her children, she used to water the grass and vegetable garden diligently. I wonder about Erin(alias)'s mom who loved persimmons, and sister P, who used to make good side dishes, I wonder if her son went to the college of his choice. I wonder if sister K, who made really good pepper and cucumber pickles, found a job in a design firm. I remember the innocent laughter of sister S and it saddens me sometimes.

I am thankful to see many who have overcome their difficulties and are doing well locally. They work as Real Estate Agent, run an alteration shop, facial salon, hair salon, piano school and taking a doctorate program in Art in northern California who takes train down on holidays. They have struggled out of life's entanglement. I am proud to see them make right choices and succeed.

I will retire as of this year, 2016. I met many wonderful co-workers along the way who enabled me to do this rewarding work as the director of Home on the Green Pasture. This is largely due to generous giving from supporters and sacrificial commitment of workers and volunteers. Home on the Green Pasture is the result of much dedication. This is a place of rest, counseling, and education for abused women. A place ready to receive calls from women in suffering 24 hours a day. With 25 years of history, though lacking, I have poured my heart and body into it. My heart will always remain here.

I long to see Esther(alias) who loved to swing, Joonhee(alias) who was good in running, and James(alias) who was good in drawing. I pray that they are doing well.

(12-2016)

Spring In The Midst of Thunderstorm

༺✶༻

It's a thunderstorm. White snowcap covers Mt. Baldy. The wind is cold. In a few days, spring fog will cover the world and beautiful flower buds will burst.

Every year, about this time in February, I am reminded of her. It was a day covered in fog. Anger rose from her face when she came to the shelter. She had been enduring many years of abuse from her husband. With police recommendation, her daughters brought her to the shelter for safety.

Anger came in waves for her as we head out to shelter after a counseling session at the office. It had been three days since arrival at the shelter when she finally opened her room door. She slowly began opening her mouth and it seemed her heart finally settled in.

She said her mother remarried when she was six years old. Whenever her stepfather drank, he found excuses to mercilessly beat on his wife and stepdaughter. She begged her mother, "Mom, why do we have to live like this. Let's not live here." But her mom only cried. She wondered what her mom felt at the time. Couldn't she have made a different decision?

She thought about this endlessly. Her life is the same as her mother's. She cried asking guidance for a better life.

She married early to get away from her stepfather. Marriage was difficult. After she came to the States, all she could do was to wait all day for her husband to come home. She couldn't speak English and she couldn't drive. She had to depend on her husband for everything like going to grocery store, doctor's office, and shopping. Her husband drank when he came home from work and screamed at her for making more work for him when he wanted to rest. He began using his fist on her. Her heart began to harbor anger and she came down with illness. She had been married for 25 years. Five years after coming to U.S., she asked for a divorce. Her husband beat her to the point of ripping her face and breaking her arm.

She began to learn English after coming to the shelter. She is a high school graduate. Since coming to U.S., she lived as a housewife with no opportunity to learn English. She worked hard to learn everything she could. She learned to make doctor's appointments by phone, to take buses to doctor's office and bank, and to write checks. She became confident with each step. She smiled brightly for the first time. She looked happy. Three months after coming to the shelter, she called her daughter and told her that she was ready to go home. She ended her time at the shelter.

We received news four months after she left the shelter.

She was doing well. She no longer depends on her husband but takes bus to go to doctor's office and market. Spring that she thought would never come came for her. The long waited spring was beautiful and fragrant. She wanted to work and asked for recommendation for beauty school. With this kind of passion, I wondered if I would see her working within a year. I had hope.

Summer after she left the shelter, she brought some homegrown zucchinis, cucumbers, eggplants, and peppers. She was wise and remained alive when she returned home. Her three months at the shelter was time filled with tears. With perseverance and effort, she began a new life. I was so proud.

The rain has stopped. I think I should give her a call today. I smile at the thought of her shy expression when she dropped off her homegrown produce. Face of spring embraced by winter will soon be revealed.

(2-2018)

Scent of Blossom at the Edge of a Cliff

There is someone I am reminded of when pedals of pear blossoms fall and scatter. It was a windy day 20 years ago. At dusk, an exquisite woman in her 30's came in to the office with her children. She was someone I had counseled over the phone. I saw the tiredness in the moistened dark eyes of her children. I offered her coffee. Her hands shook as she took the cup in her hands. Tears dropped, hotter than the coffee in the cup. This isn't the first time, but I felt stifled looking at these children half leaning and looking at their mom with insecurity.

Her face covered in tears, with her children, we went straight to the shelter after counseling. Following our protocol, I asked the house manager to keep an eye on her for the next three days. After entering the shelter, you could hear her crying and weeping from her room. Perhaps it was the anguish she could no longer keep down, deep loss that was difficult for her tender heart to accept.

She shared incredible stories the first day. She said when she got here her plan was to leave her children in trusted hands, then run away to die in the sea. However, with house manager's watchful eyes and protection, she never had the opportunity. Unable to lift her head, she cried endlessly. She said she suffered from guilt.

She wept as she shared stories of sadness and suffering from her heart. Her husband came to U.S. in pursuit of a Ph.D., but the stress of studies drove him to gambling. Tuitions sent by the parents were used to purchase plane tickets to Las Vegas and for gambling. His gambling addiction was out of control. Days were terrible with physical and verbal abuses.

They fought a lot trying to stop him from gambling, but he had already lost all his reasoning and her strength was no match for him. With two kids, she couldn't find work and they were about to be evicted from their apartment, but her husband was gone gambling with no news of his whereabout. She had already asked for help from so many people. She had nowhere to turn to. After much struggling, she decided to commit suicide as soon as she could find a safe place for her children. I embraced her and promised help for her to live without feeling shame for her children. She wept for a while. With tear stained face, she promised to choose life over death. I also wept. I embraced her and stroked her back trying to comfort and encourage her not to lose hope.

While living at the shelter, her children were able to go to school and take advantage of free government service Head Start program. She also enrolled in a school to learn cosmetology. During a counseling session just before leaving the shelter, she was grateful for the opportunity to have been at the shelter. The day she left the shelter everyone, even those in the same situation, cheered for her new life and blessed her with small gifts. Like sending a daughter off to a marriage, we prepared blankets, rice cooker, and other things for her. I eagerly wished for her to have a good life as she stepped out into the world. She said she rented a place in a small low income housing near the shelter. She worked part time and stayed in touch with us time to time letting us know that she is doing well even though it was difficult.

A few days ago, I received a Mother's Day card from her. I opened the card with excitement. She wrote that her son and daughter were working as interns and sent well wishes. Overcoming twenty years of suffering, she is now settled and doing well managing a skin care store.

Her card came like the fragrance of pear blossoms. It sits on my desk and I read it, again. The letter ended with this. 'Director, I remember you said "Don't hold on to the misery that will pass by, but live with expectation of happiness that will come in the future". So, I live today with gratefulness and happiness from little things.' Her image comes to my mind. If she hadn't thought to come to the counseling center… if she had left her children and made the extreme choice… but I felt grateful and my heart felt warm knowing that her life was now firmly planted. It is rewarding.

It is a bright blue sky of May. There are stories of pain that sits heavy in my heart, never to be erased. The scent of pear blossoms permeates from somewhere as if to comfort the heart of pain. On a day with crimson sunset, she came biting her lips in sadness. I embraced her in my thoughts once again and felt ashamed asking myself, could I have done more. Long cherished sad memories seem to fly away with the wind.

(6-2017)

A New Sprout on a Bare Branch

ᘓ⋇ᘒ

It's been raining for a few days. In wind and rain, all the leaves hanging on branches have fallen. Since retirement, I am reminded of many stories. When I see bare branches, I am reminded of them even more. Their stories of sadness and recovery come to life.

The world is not fair. It's not that I don't know this. Even from a counselor's perspective, domestic violence is difficult to understand. The abuser will find any reasons, physical and psychological, to abuse their victim. I cannot even begin to speak of verbal abuse. Helpless victims are brainwashed to think that they deserve this.

One day in April, I received a call from a hospital's psychiatric department. A victim of domestic violence was ready to be discharged and they were looking for a place for her to go. I hesitated for a moment. We did not take in psychiatric patients because we did not have a resident nurse or doctor. The social worker explained that the victim tried to commit suicide and that she was not psychologically stable. The abuser came at her with a knife and she fears for her life.

It was a short counseling session but her suffering was clear. Her life was trapped in darkness. I could see that, prior to her attempt, she resolved to save her children and herself. It was sad to hear that she had no other options but to choose suicide.

I met them the next morning at a coffee shop. Her son and daughter were in junior high school. Throughout the interview, I could see that her daughter was filled with anxiety and her son was full of anger and resentment for his mother. I'm sure they didn't sleep well last night in a motel. Her children grew up witnessing this domestic violence for 15 years. She probably explained to them about the situation of having to go to a shelter the next day. I can only imagine her heart. I could see sadness in her expression.

When the son entered the shelter, he gave me a look of hostility. He hated me. I understood. Children registered at a new school.

Family stayed in the shelter for 3 months, moved to Transitional Living Center for 8 months, and then finally became independent moving into an apartment.

They overcame this extreme situation through prayers and hope. Mom began a new life of faith and hope. Seeing their suffering through domestic violence, one of the elder couple from church became their emotional and financial supporter. Thankfully they became strength to this family at a time when they were exhausted and could not endure any more.

Fortunately, she was hired by her previous work and life began to settle down. When our shelter family went to a beach for a picnic, walking on Pacific sandy beach with tears of joy, she said, "I feel like I came to heaven. I feel so free. I am so happy that I can hardly breathe."

Currently, her son and daughter are in college. Mom has been promoted in her job and is in a good position, lacking nothing. Perhaps her son remembers the time when he hated me, but now, whenever he sees me, he gives me a big hug with a big smile.

Mom lives like a burning candle. After work, even today she runs to the place where women suffer the same pain she did. "I learned how to live through years of trials and sufferings. I have to help women collapsing from same situation. They are lonely and they need help." Her heart now remains full of spring. Bare branch is now sprouting.

(1-2019)

Plantain Lily, Beauty of Overcoming Hardship

◦✦◦

It has been a while since I received good news. It was the news of March flowers. The forecasted El Nino bypassed Southern California and the region is very dry. Water saving measures has been mandated for a while. Nonetheless, the season brings news of flowers without fail. I saw magnolia blossoms blooming in someone's front yard and now the pear blossoms along the streets are scattering pedals. Just seeing them bring joy, and invitation to a banquet of plantain lily blossoms is good news.

It has been a while since the saying 'If the winter is long, spring is near' felt real. I took a deep breath of comfort in that there's order in life like there's order in change of season. Regardless of sad or joyful situation, my heart aches sometimes with passing of time. However, in the midst of passing time, I am thankful and cherish the moments that I was able to embrace others with pain, sadness, regrets, and scars. It has been 23 years since I came with a blank heart to this place of shadow. Image of a wedding that I was invited to last March unfolded like a panorama in my mind.

I was overcome with emotion as I congratulated the new

couple, a new family. It was 20 years ago, but the memory is vivid. Feeling desperate, a mom came to the shelter with her three little children. This mom invited me to her oldest daughter's wedding and invited me to her family table. It seems like yesterday that she came to the shelter with her 3 children, more precious than life, to escape her husband's verbal and physical abuse that she could no longer endure.

Momentary regrets do not lead to repentance but will only repeat. With her husband's pleading of forgiveness and commitment, she returned home with the hope of a new start. People around her also encouraged her. Then she gave birth to a 4th child. However, this did not last very long. Not able to control his anger, his explosive temper was like Old Faithful Geyser in Yellowstone. His periodic explosions was difficult to contain, like when hot water, steam and gas reaches maximum. One day when she came home with 4 kids in the car, he began smashing windows with a baseball bat and she couldn't handle it any longer.

She immediately left home with her 4 kids. After some time of counseling and treatments, the marriage ended in a divorce. She had to go through an indescribable hardship of raising 4 children on her own. There is an opera aria that sings of woman's weakness, "woman's heart is like reeds in the wind", but I realized, once again, that mother is strong. While reflecting on the source of that strength, my eyes rested on a small pot outside a window. "Ah there", suddenly an image of a mother and her 4 children appeared in my mind.

A hidden root in soil had sprouted a palm's length and a fuchsia color plantain lily had blossomed. It was natural color, not dark, not strong. This innocent image was beautiful. Even the strong seasonal wind or dust could not get close to the surface of flower. Can the root of such flower be disturbed? I planted the root that was cut from my teacher's backyard, a teacher whom I have great respect and appreciation for. Roots looked like ginger and where the segments connect is covered in fine hair like roots. She is a mother who raised 4 children. Like the root of plantain lily, she is the background of this family picture.

Plantain lily is not a plant that easily breaks or falls. Stem of the flower is long but it doesn't grow as wide as hollyhock. Flower is lightweight and the sturdy stem sways a little but springs right back even in strong wind. It is as if to caution us to keep things not too much and just enough with what we have in words, actions, or emotions. Sometimes this prompts me to take new steps. Admiring the flower, it felt as though the lingering affect will become reality.

Like plantain lily, I wish for her story to be told and heal other women with similar pain. How wonderful it would be if the weak could hold tight to depair and turn it into opportunities of blessings to face a new bright day. I wish for those who will hold tight to their dreams to live a new life like plantain lily flowers. Dreams will lead to reality. (5-2017)

엄영아

포토
라이프스토리

PHOTO LIFE STORY

약혼식 (1970)

결혼식 (1970)

신혼 아파트 앞에서 (1970)

피스모 비치 (1972)

유니버설 스튜디오 (1971)

레돈도 비치 (1970)

정원에서 (1990)

가족사진 (1993)

흘러튼 라구나호수에서의 손주들

손주들과 스토르베리 팜

손주들과 레고랜드

결혼 50주년 손주들과

나파벨리 결혼 44주년 기념여행 (2014)

그랜드캐넌 결혼 40주년 기념여행 (2010)

하와이 결혼 45주년 기념여행 (2015)

라스베이거스 (2017)

남편의 80회 생일 (2018)

친구들과 (2018)

브레아 레드우드 (2017)

비숍 노스레이크 (2015)

강원도 자작나무숲 (2018)

알래스카 (2019)

스트로베리 팜에서 (2020)

피터스캐넌 (2015)

갈대밭에서 (2015)

<가든문학> 창간호 출판기념회 (2020)

<그린에세이> 등단 (2016)

<가든문학> 출판팀 (2019)

가든문학회 데스벨리 문학기행 (2020)

수필반 문우들과 (2016)

수필반 故 박봉진, 하정아 두 은사님

훌러신학원에서 목회자를 위한 가정폭력
세미나 conference (2011)

수정교회 로버트 슐러 목사님과 새소망상담원들

기독교상담가 Norman Wright 박사 세미나 (2017)

오렌지 카운티 2nd 디스트릭터
수퍼바이저 미셸스틸과 (2013)

어바인 최석호 시장과 라팔마 황보 시장으로부터 표창장
(2013)

65지구 주하원의원 Saron Quirk-Silva 의
박동우 보좌관 (2014)

푸른 초장의 집 은퇴식에서 남편과 (2016)

푸른초장의 집 이사헌신 예배모임 (2013)

영김 65지구 전 하원의원과 (2016)

푸른초장의 집 이사진과 스태프 (2016)

새 이사장, 원장 퇴임하는 이사장과 함께(2016)

자손들과 은퇴식(2016)

푸른초장의 집 송별식 (2016. 12.)

어머니날 (2015)

금혼식 (2020)

아일드와일드 (2016)

손자녀와 아버지날 (2013)

한복을 입고 (2019)

손자녀들과 (2020)

수를 놓듯, *Like Writing Love Letter,*
Like Embroidering
연서를 쓰듯

엄영아 에세이집
Patricia Young—Ah Uhm by Essays